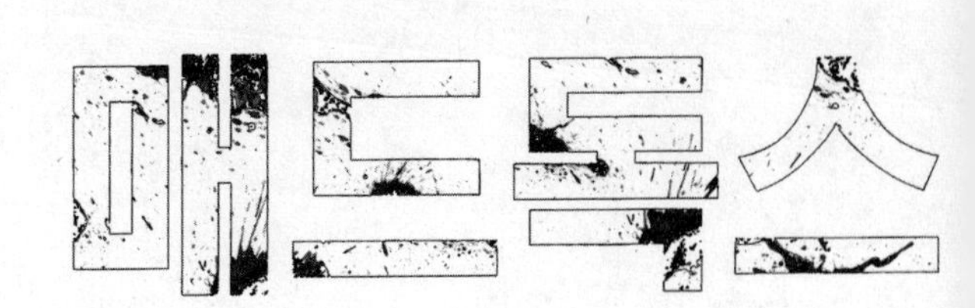
매드독스

매드독스 8권

초판1쇄 펴냄 | 2017년 07월 03일

지은이 | 까마귀
발행인 | 성열관

펴낸곳 | 어울림 출판사
출판등록 / 2009년 1월 23일 제313-2009-12호
주소 / 경기도 고양시 일산동구 장항동 731 동하넥서스빌딩 307호
TEL / 031-919-0122
FAX / 031-919-0127
E-mail / 5ullim@hanmail.net

값 8,000원

ISBN 978-89-992-4071-3 (04810)
ISBN 978-89-992-3821-5 (SET)

O U L I M M O D E R N F A N T A S Y

목차

본 소설에 등장인물과 사건 및 특정용어에 대해선 현실과 전혀 무관합니다. 오로지 작가의 머릿속에서 나온 상상력이니 오해가 없으시길 부탁드립니다.

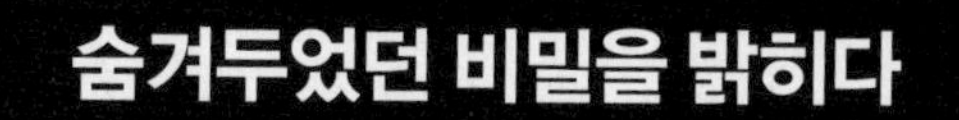

숨겨두었던 비밀을 밝히다

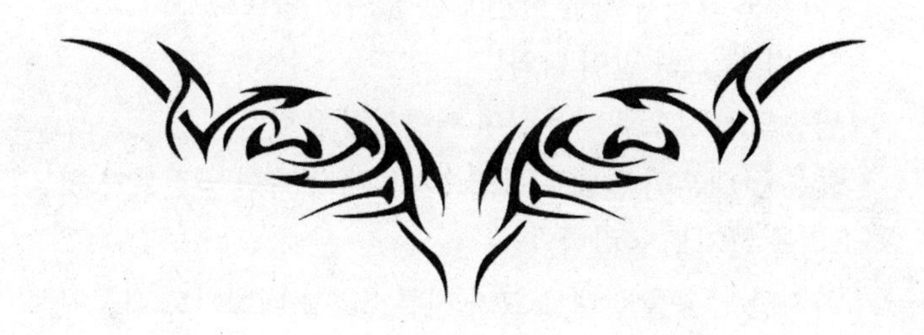

"검찰에서 우리 그룹을 극비수사한다고?"

오찬 모임을 마친 남송 회장은 구대훈에게 설명을 듣자마자 격노했다.

"그것만이 아니라 김성광 이사가 숨긴 회계장부를 검찰에서 찾는 것 같습니다."

"뭐?!"

검찰에서 그런 움직임이 있었다면 남송그룹에서 모를 리가 없었다. 수많은 검사들에게 뒷돈을 먹여놨고 이상한 낌새가 있을시 언제나 보고받았기 때문이다.

하지만 이번에는 그런 낌새조차 없었다.

"일단은 서울지검으로 연락을 넣어봤습니다. 그런데 이상하게도 그런 수사를 하는 팀은 없다고 합니다."

"그럼 왜 그딴 말이 나와!"

남송의 노성으로 사무실이 쩌렁쩌렁 울렸다.

물론 구대훈의 말대로 특별수사팀이 없다면 남진호가 헛소리를 한지도 몰랐다.

하지만 남송을 상대로 그가 허튼소리를 내뱉기도 힘들었다. 무언가 근거가 있을지도 몰랐다.

"추가적으로 알아보니 모이라이의 차준혁 대표가 경찰청 특별수사고문이 되었답니다."

"모이라이의 차준혁이 수사고문?"

갑자기 뜬금없는 소리가 나오자 남송 회장의 분노가 급격하게 사그라졌다.

"형사였던 시기에 그의 수사방식이 인정을 받았나봅니다. 특별히 경찰청장의 권한으로 제안이 들어가 앉게 되었다고 합니다."

구대훈도 남진호에게 들었다. 그건 차준혁이 겨레회를 통해서 경찰에서 제안한 것처럼 꾸민 것이다. 대외적으로 경찰이 손을 내민 것처럼 보여야 하기 때문이다.

"그래봤자 수사고문이지 않나."

"사실은 검찰의 남송그룹 극비수사에 대한 말도 그가 꺼냈다고 합니다."

"그건 또 무슨 개소리인가."

설명이 계속 추가되자 남송은 어이가 없었다.
구대훈은 거기서 그치지 않고 계속 말을 이어나갔다.
"차준혁 대표가 소문이라고 했습니다. 물론 지금까지 알아본 바로는 우리 그룹에 대한 수사도 소문일지도 모릅니다. 다만… 김성광 이사가 죽은 이유를 그룹과 연관 지으려는 것 같습니다."
"남진호는 대체 뭘 하는 중이지? 내가 분명 조용히 마무리 지을 수 있도록 하라 했잖은가."
그 말과 함께 구대훈은 급히 고개부터 숙였다. 이번 일을 자신이 제대로 처리하지 못했기 때문이다.
"죄송합니다. 제가 흔적을 최대한 남기지 않으려다보니 이렇게 되어버렸습니다."
"김성광 이사를 처리한 녀석은 어찌 됐나."
"이미 깔끔하게 처리해뒀으니 걱정하지 않으셔도 됩니다."
남송은 그 말을 듣고서 안심할 수 있었다. 범인이 없다면 범죄도 입증할 수 없는 법. 아무리 날고 긴다는 경찰이나 검사가 수사해도 소용이 없었다.
그건 차준혁이 수사고문을 맡았어도 마찬가지였다.
"김성광이 숨긴 장부는 여전히 찾는 중인가?"
"일단 집과 사무실을 뒤져봤지만 없었습니다. 지금은 그동안의 행적을 추적하여 찾아보는 중입니다."
김성광이 숨긴 회계장부에는 남송그룹의 분식회계가 세

세하게 기록되어 있었다. 그 탓에 잠시나마 안심했던 남송의 얼굴에 근심이 자리 잡았다.

겉으로는 충성을 다하는 척하면서 뒤에서 분식회계를 기록하고 있을 줄 누가 알았을까. 뒤통수를 제대로 맞은 남송은 그 장부를 찾기 위해 김성광 이사를 납치까지 했다.

하지만 끝내 불지 않아 납치한 녀석이 그를 죽이는 상황까지 벌어지고 말았다. 결국은 찾지 못한 장부보다 이미 벌어진 사태를 수습하는 것이 급선무였다.

"남진호한테 어떻게든 사건부터 마무리시키라고 해. 그게 안 되면 위쪽에 돈을 얼마든지 먹여서라도 접어버리게 만들어."

구대훈은 남송의 밑에서 한두 해 있던 것이 아니다. 당연히 지금의 지시처럼 경찰청 상부와 접촉해보려 시도했다.

"저도 그러려 했지만 쉽지가 않습니다."

"뭐?"

"뒤로 돌려서 만나보려 해도 어떻게 알았는지 대면조차 되질 않습니다. 아마도 최근에 경찰청장이 바뀌면서 부정부패에 대해 감찰을 시작해서 그런 것 같습니다."

주상원이 IIS국장에 오르면서 자신의 후임 또한 겨레회의 인원으로 앉혔다.

겨레회는 대한민국을 수호하기 위한 집단. 당연히 부정부패에 대해서 어느 조직보다 부정적이다.

거기다 검찰청과 더불어 경찰청까지 조태호 장부사건으

로 들쑤셔졌던 판국이다. 사소하게 뇌물을 받아먹었던 경찰들조차 혀를 내두르며 미묘한 불법적인 관계마저 끊기 시작했다.

단단히 겁을 집어먹은 것이다.

그로 인해 남송그룹은 사건을 수습하기가 힘들었다.

"남진호에게 맡길 수밖에 없나? 다른 곳은 손을 쓰기가 힘든 건가?"

"일단은 계속 시도해보겠습니다."

구대훈은 고개를 숙인 뒤 그의 사무실을 나섰다.

이동하는 차량 안. 옆 좌석에 앉아 있던 신지연은 통화로 주경수에게 들은 사항을 말했다.

"저번에 말한 대로 정체불명의 무리들이 김성광 이사의 최근 행적을 따라 움직였다고 해요."

"분명히 남송그룹이겠죠."

미래에서도 그들은 김성광 회계이사의 흔적을 따라 움직였다. 그 후에 남송그룹이 장부를 찾았는지는 알지 못했다.

IIS에서 제대로 손을 쓰기 전에 남송그룹이 움직임을 멈췄기 때문이다. 당시 흔적을 지우지 못한 잔당들을 족쳐서 분식회계장부라는 것만 유추했을 뿐이다.

"어떻게 하라고 전할까요?"

"조용히 지켜만 보라고 해요. 오늘로 놈들이 찾는 물건은 우리 손에 들어올 테니까요."

차량이 이동하는 와중에 차준혁은 답답한 마음이 들었다. 계획에 대한 실행과 보고를 주경수에게 직접 듣는 것이 아닌 신지연을 통했기 때문이다.

"그보다 보고는 그냥 경수한테 받으면 안 돼요?"

"안 돼요. 또 따로 움직이실 생각이시잖아요."

어쩌면 대표보다 높은 직책이 비서일지도 몰랐다.

물론 그건 차준혁과 신지연의 관계에서만 통용됐다.

그사이 차량은 국립과학수사연구원으로 향하고 있었다. 잠시 후에 도착하자 입구 앞에 박광록과 남진호가 서 있는 것이 보였다.

"왔냐?"

"오셨습니까."

남진호는 편하게 말한 박광록과 다르게 딱딱한 어투로 말하며 고개를 숙였다. 경찰교육원 동기이긴 하지만 사회적 위치상 스스로 고하를 정한 것이다.

"너랑 동형이랑 동기라면 준혁이랑도 동기 아니냐? 그다지 친하지 않았나봐. 동형이하고도 딱딱하게 지내는 것 같더니."

이에 박광록은 그를 나무라면서 괜히 어깨를 두드려줬다.

"괜찮습니다. 이게 편합니다."
"준혁아. 지연아. 이 녀석 안 형사랑 성격이 똑 닮지 않았냐?"
차준혁보다 더 딱딱했던 안대연 형사를 말함이었다.
그 물음에 신지연은 자신도 모르게 웃음이 나왔다.
"풋……!"
괜한 신경을 건드린 것인지 남진호는 눈을 날카롭게 치켜떴다.
"죄송해요."
"일단 안으로 안내하겠습니다."
그가 뒤로 돌아서자 차준혁은 그녀의 어깨를 조용히 감싸주었다.
"원래 저런 녀석이에요. 좀 모난 데가 있으니 신경 안 써도 돼요."
"그래도 실례였잖아요."
"저도 조금 웃기긴 했어요."
차준혁은 미안해하는 그녀를 위로해주며 박광록과 남진호의 뒤를 따라갔다.
국과수에 온 이유는 피해자 김성광의 시신을 확인하기 위해서였다. 물론 차준혁은 이제 경찰이 아니라서 박광록에게 부탁한 것이다.
시체안치소에 도착하자 담당부검의가 시신을 꺼내주었다. 목에 붉은 멍 자국이 선명한 김성광의 시신은 차갑게

식어 있었다.

“완벽한 교살이네요. 멍의 흔적을 보니 뒤에서 조른 것 같고요.”

“맞습니다.”

옆에 선 부검의가 고개를 끄덕이면 대답해줬다.

“그밖에 타박상이 심하군요. 왼팔 하박골절에 오른쪽 다리 정강이뼈… 거기다 양 손가락과 끝과 발가락이 뭉개졌고요.”

그뿐만이 아니었다. 가슴, 복부, 양 어깨, 허벅지 등등 멍들지 않은 곳이 없었다. 시신은 차준혁의 말처럼 너무나도 처참했다.

“부검의로서 소견은 피해자에게 원한이 상당했던 걸로 보입니다.”

강도살인의 경우 이 정도까지 폭행이 이뤄지지 않는다. 엄청난 원한이 바탕으로 되어 피해자를 폭행했을 것이 분명해 보였다.

하지만 차준혁의 생각은 달랐다.

“고문의 흔적이네요.”

“고문?”

그 말과 함께 차준혁은 시신의 발바닥을 확인했다. 그는 발바닥에 흙이 묻은 것을 볼 수 있었다.

“처음에는 구타로 시작했을 겁니다. 그 다음에 손가락, 마지막에 신발을 벗겨 발가락을 하나씩 뭉갰겠죠.”

“용의자가 뭐 때문에 피해자를 고문하겠나?”

박광록이 생각하기에 고문은 너무 억지처럼 들렸다. 물론 손가락과 발가락의 흔적이 수상하긴 했지만 원한에 의한 것이라고 생각했다.

“하지만 이건 분명히 고문의 흔적입니다. 그렇지 않고서야 양 손가락과 발가락을 일부러 뭉갤 필요는 없으니까요.”

그 말에 박광록은 시신을 곰곰이 쳐다보다가 입을 열었다.

“네 말도 일리가 있어 보이긴 하는데, 대체 뭘 알아내려고 고문을 해?”

“아마도 그게 죽은 이유겠죠.”

차준혁은 김성광이 죽은 이유를 이미 알고 있었다.

남송그룹에서 그가 숨긴 분식회계장부를 찾아내기 위해 고문까지 하다가 끝내 죽여 버린 것이다.

다만 기억 속의 증거를 박광록에게 보여줄 수는 없었다. 그래서 최대한 흔적들을 기억과 매치시켜 신뢰를 끌어올렸다.

그때 조용히 입을 다물고 있던 남진호가 말했다.

“상황을 보면 납치를 당한 것도 맞겠지만, 고문까지는 추측이 과하신 듯합니다.”

“왜 그렇게 생각하시죠?”

남진호가 먼저 고하를 갖췄으니 차준혁도 그에게 존댓말

로 되물었다.

"어차피 목숨을 위협받던 상황이었을 겁니다. 범인이 뭘 원하는지 몰라도 피해자가 고문받기 전에 넘겨주지 않을까요? 그럼 고문이 이뤄지지 않았을 텐데요."

양 손가락과 발가락이 뭉개진 상태이니 족히 20번의 질문이 되풀이되었을 것이다. 훈련받은 요원이라면 모를까, 일반 사람이 견디기에는 고통이 극심한 부위일 수밖에 없었다.

"그만한 가치가 있는 것일지도 모르죠. 아니면 말할 수 없을지도 모르고요."

차준혁이 확신을 가지고서 말하자 남진호는 더 이상 반문을 던지지 않고 그를 쳐다봤다. 질문을 계속해봤자 차준혁은 고문이라고 더 확신하는 느낌만 들었다.

"피해자의 소지품도 확인할 수 있겠습니까?"

"그건 증거품 분석실에 있어서 가져와야 합니다."

당시 피해자가 착용하고 있던 소지품들은 마침 분석이 끝나 수사 1팀에서 가져가기로 했다.

"그럼 올라가서 확인하도록 하자."

박광록이 그렇게 말하자 부검의는 시체가 다시 넣으려 했다. 그 순간 차준혁이 앞으로 걸어가려다 골반 쪽을 시신이 누운 철판에 부딪쳤다.

쿵—!

"괜찮으세요?"

신지연은 살짝 비틀거린 차준혁을 보고 부축하려 했다. 동시에 차준혁은 시신 머리맡의 철판을 붙잡으며 다시 일어섰다.

"제가 너무 급했나보네요."

남들에겐 급하게 앞으로 나가려다 실수한 것처럼 보였다. 그 후에 부검의는 다시 시신을 냉동고에 집어넣었다.

다들 소지품이 있는 보관실로 자리를 옮겼다.

"용의자를 유추할 만한 흔적은 없었습니다."

정장과 셔츠, 넥타이, 양말. 거기다 지갑까지 지문이나 타인의 혈흔도 없었다. 오직 피해자의 혈흔과 지문만 잔뜩 나왔다.

"그렇군요. 이것만으로는 딱히 알아낼 수 있는 것이 없겠네요."

박광록은 예전처럼 차준혁이 뭔가 발견할지 모른다고 기대했다. 그런데 저번 이후로 다른 흔적이 나오지 않자 실망하는 눈치였다.

"쩝… 이거 사건을 풀기가 만만치 않겠는데."

"뭐 하나 나올 줄 알았는데 죄송합니다. 그래도 차근차근 파봐야죠."

국과수에서 확인할 것은 거기서 끝이었다.

차준혁은 장갑을 벗어 자연스럽게 주머니에 넣고는 신지연과 같이 밖으로 나갔다.

현관 앞에는 운전기사가 차량을 대기시키고 있었다.

뒤를 따라 나온 박광록은 안타깝다는 듯이 차준혁의 어깨를 두드려줬다.

"너무 미안해하진 마라. 회사일로도 바쁠 텐데 이렇게 도와주는 것만으로 감지덕지니까."

"다음에 뵈면 술이나 한잔해요."

그 옆으로 신지연도 박광록에게 인사했다.

"저도 같이 나갈게요."

"알았다. 그럼 조심해서 들어가라."

차준혁과 신지연은 같이 차로 올라탔다. 그렇게 차가 출발하자 박광록은 뒷머리를 긁적였다.

앞으로 사건수사가 막막하단 생각에 답답함이 느껴진 것이다.

"그런데 남진호는 어디 간 거야?"

다 같이 밖으로 나왔는데 어느새 사라지고 없었다.

다 같이 있다가 사라진 남진호는 국과수건물 1층 비상계단에 있었다. 지금은 남송그룹 비서인 구대훈과 통화 중이었다.

"차준혁 대표도 딱히 발견한 것은 없었습니다."

—이대로만 간다면 사건은 문제없이 마무리될 것 같군요. 회장님도 안심하시겠습니다.

구대훈은 그의 말에 충분히 만족한 목소리였다.

이번 사건은 남송그룹이 급하게 마무리하느라 시신의 뒤

처리가 허술했다. 자칫 꼬리가 잡힌다면 남송그룹의 이미지에도 큰 타격이 있을 것이다.

하지만 사건 마무리만 잘 된다면 그것도 완전히 덮을 수 있었다.

"뒤처리했던 녀석들은 잡힐 일이 없겠죠?"

—그건 걱정하지 마세요. 절대로 잡히지 않을 겁니다.

"확실하게 처리한 건가요?"

제일 큰 문제는 범인이다. 어떤 이유로든 범인이 잡혀버린다면 문제가 될 수 있었다.

—걱정도 많으시군요. 그렇다면 대신 용의자라도 만드는 것은 어떻습니까? 적당한 인물이 있습니다.

그 용의자란 차준혁이 미래에서 알고 있던 피해자의 운전기사였다.

구대훈도 지금과 같은 사태를 마무리하기에 깔끔함이 필요하다고 생각했다. 그래서 혹시나 하며 미리 준비해두었다.

"그러다 남송을 배신하게 되면 타격이 더 커질 수도 있을 텐데요."

—그것도 걱정 마세요. 변호사도 완벽하게 준비해서 적당히 살다가 나올 수 있도록 만들 겁니다. 감방에 몇 년간만 살고 나오면 큰돈을 만들 수 있으니 범인에게도 일석이조겠죠.

어차피 남송그룹의 입장에서는 진짜 목적만 가려주면 그

만이다. 범인이 누구든 경찰과 검찰의 눈만 덮어버리고 마무리 짓는다면 그들의 승리였다.

"알겠습니다. 적당한 타이밍에 등장시켜 주시죠. 그리고 혹시 모르니 차준혁 대표에게 사람을 좀 붙여주시고요."

—이미 붙여뒀습니다. 그럼 이만.

남진호는 그렇게 통화를 마치고서 박광록을 찾아 돌아갔다.

차준혁은 신지연과 같이 모이라이 본사로 돌아왔다.

모로코에서 급하게 귀국했던 탓에 딱히 일정이 잡힌 것은 없었기 때문이다.

자리에 앉은 차준혁이 재킷주머니에서 비닐뭉치 같은 것을 꺼냈다.

"그건 뭐예요? 혹시 아까 전에 시신 만졌던 장갑이에요?"

"맞아요."

"아까 버리지 않고 뭐 했어요! 이리 주세요!"

신지연은 시신을 만졌던 장갑을 버리기 위해서 손을 내밀었다.

"중요한 거예요."

비닐장갑이 펼쳐지자 사람의 머리카락이 들어 있었다.

"아까 그 피해자 시신 머리카락이에요?"

"맞아요."

"대체 그걸 왜 챙겨 오신 거예요!"

시체안치소에서 넘어지는 척하며 집어온 것이다.

그걸 본 신지연은 소름이 끼치는지 양팔을 문지르며 뒤로 물러섰다.

"확인할 게 있어서요."

"DNA검사라도 하시게요?"

"아니요. 피해자의 인생을 확인해보려고요. 그리고 지금부터 보실 일은 비밀로 해주셔야 해요."

차준혁은 그녀를 보며 미소를 지었다. 그리고는 맨손으로 장갑 위로 놓인 시신의 머리카락을 만졌다.

사아아아악—!

오랜만에 라이브 레코드가 발현되면서 시야가 암흑으로 물들었다. 김성광이 분식회계장부를 숨긴 장소와 누구에게 죽임을 당한 것인지 알아내기 위해서였다.

어두워진 시야가 빠르게 움직이기 시작했다.

'처음 보는 녀석인데…….'

일단 범인은 금발에 망둥이처럼 생긴 사내였다. 약에 찌들었는지 동공은 풀려 있었고, 말투도 정상인처럼 보이지 않았다.

손가락과 발가락도 역시 고문에 의한 것이다.

[자, 장부는 어, 어디다가 숨겼냐고!]
[쾅—!]
[아아아아악!]

둔탁한 소리가 울릴 때마다 김성광은 창고 같은 장소에서 비명을 질러댔다.
'그렇다면 장부를 숨긴 곳이 문제인데… 저런 상황에서도 불지 않았으면 정말 은밀한 곳에 숨겼단 것인데.'
차준혁은 김성광의 과거로 라이브 레코드를 되돌렸다. 시야가 비디오를 되감듯이 거슬러 올라갔다.
'찾았다!'
재생되던 김성광의 시야가 멈춰졌다.
현재 시야가 펼쳐진 시기와 장소는 약 1달 전에 김성광이 방문한 렌터카 업체였다. 그곳에서 김성광은 빌린 차량 운전석 시트 밑으로 하얀색 USB를 숨겨뒀다.
'저런 곳에 숨겨뒀으니 못 찾았지.'
목적을 달성한 차준혁은 라이브 레코드를 해제하여 시야를 되돌렸다.
"후우……!"
감겼던 차준혁의 눈이 떠지자 옆에 있던 신지연은 놀란 표정을 짓고 있었다.
"뭘 한 거예요?"
라이브 레코드가 펼쳐질 동안 바깥의 시간은 아주 조금

흘렀다. 그녀가 본 차준혁의 행동은 잠깐 동안 머리카락을 만진 것뿐이었다.

당연히 신지연이 보기에 이상할 수밖에 없었다.

"방금 전에 시신을 통해서 범인의 얼굴과 숨기고 있던 것을 알아냈어요."

그 대답과 함께 신지연은 깜짝 놀랐다.

"그걸 어떻게 알아내요?"

고작 시신의 머리카락을 만진 것이 전부였다. 당연히 영문을 몰랐기에 고개만 갸웃거릴 뿐이었다.

"믿지 못하시겠지만 저는 죽은 존재를 만지면 그 사람의 인생을 볼 수 있어요."

"무슨 말도 안 되는……."

초능력이 있다는 뜬금없는 말에 신지연은 어이가 없어했다.

"제가 범인들을 빨리 잡아낼 수 있던 방법이에요. 계속 비밀로 하려 했지만 앞으로 이런 경우가 더 있을지 몰라서 밝히는 거고요."

차준혁은 신지연을 누구보다 믿을 수 있었다. 그리고 누구에게도 흔들리지 않을 신념도 가지고 있었다.

그런 이유 때문에 차준혁은 능력을 밝혔다.

"진짜 그런 능력이 있단 거예요?"

여전히 믿지 못하는 눈빛이었다.

과학적인 이 시대에 진짜 초능력이 있단 말을 누가 믿을 수 있을까. 차준혁이 생각해도 너무 당연한 반응이었다.

"범인과 물건을 찾으면 믿으실 수밖에 없겠죠. 아무튼 제가 본 걸 토대로 요청을 넣어놓을게요."

대답과 함께 차준혁은 IIS로 전화를 걸었다.

—이 시간에 무슨 일이십니까?

전화를 받은 이는 IIS의 주상원 국장이었다.

"제가 메시지를 하나 보내드릴 테니 사람을 보내서 물건을 하나 찾아주셨으면 합니다."

—무슨 물건을…….

"남송을 뒤흔들 물건이요. 그걸 찾는 대로 IIS에서 분석해주시면 됩니다. 인원은 저번 작전에 참가했던 인원 중에 적당히 추려서 부탁드립니다."

차준혁은 전화를 끊자마자 자신이 본 렌터카업체와 차량 번호, USB의 위치를 메시지에 적어서 보냈다.

○○

USB를 찾는 데 투입된 IIS요원은 배진수와 유강수, 김욱현이었다. 모로코에서 미행 임무를 잘해주었기에 주상원 국장이 직접 지시를 내렸다.

"여긴가?"

그들은 강원도에서 출발해 5시간이 넘게 걸려 서울 외곽 XX렌터카 앞으로 도착할 수 있었다.

"맞는 것 같은데요."
유강수의 대답으로 그들은 안으로 들어갔다.
사무실 안에서는 사장이 고객들을 상대하고 있었다.
건장한 3명의 사내가 들어서자 사장은 곧바로 일어나 앞으로 나섰다.
"렌트하시게요?"
"그보다 서울XX 하XXXX 차량 있습니까?"
배진수가 차량 번호를 말하자 사장의 고개가 갸웃거려졌다.
"그 번호라면 방금 전에 찾는 손님들이 계셨는데요."
사장이 차량 번호를 다 암기하는 것은 아니다. 특정 번호를 찾는 손님이 하루에 둘이나 있으니 기억할 수밖에 없었다.
그와 동시에 배진수와 다른 두 사람의 표정이 굳어졌다.
"지금 그 차량 어디 있습니까?"
"차라면 사무실 뒤쪽에……."
세 사람은 사장의 말이 끝나기도 전에 사무실을 뛰쳐나갔다. 주차장은 사무실 사방으로 마련되어 있었다.
그런 차량 사이를 잽싸게 빠져나간 세 사람은 검은 정장 차림의 사내들이 밀집해 있는 차량을 발견했다.
"선수 친 놈들이 있었나?"
"어떻게든 찾아야겠죠?"
대화를 하던 중에 사내들과 눈이 마주쳤다. 당연히 서로의 분위기를 보고 심상치 않단 것을 알았다.

동시에 배진수, 유강수, 김욱현과 사내 10명이 서로를 향해 달려들었다.

퍽! 퍼퍽! 퍼퍽! 퍽!

차량 사이로 난투극이 벌어졌다.

사내들도 만만치 않은 실력을 지녔지만 세 사람은 IIS에서 유중환에게 태무도를 전수받은 실력자들이다.

근접격투에 있어서 1인당 10명은 충분했다. 그들이 1명당 3~4명을 맡으니 순식간에 정리가 되었다.

"싸우는 걸보니 훈련받지는 않은 것 같은데?"

배진수는 그들의 실력을 보고 대충 가늠할 수 있었다. 물론 옆에 선 유강수도 마찬가지였다.

다들 사방으로 쓰러진 이들을 보며 손바닥을 털었다.

그러다 유진수는 사내들의 품을 뒤져보았다. 그러다 사내의 목 안쪽으로 흉측한 문신이 눈에 띄었다.

"신분증은 가지고 있지 않은데… 이 녀석들 조폭 같은데요?"

"조폭? 일단 지문만 따놔. 야! 저거 막아라!"

시끄러워진 주차장 소란에 밖으로 나온 사장은 경찰에 신고하려는지 핸드폰을 꺼내들었다.

김욱혁은 그걸 보고서 빠르게 달려가 그의 핸드폰을 잡아챘다.

"부서진 차량은 모두 보상해드리겠습니다. 그러니 신고

는 접어두시죠."

어떤 비용이든 모이라이가 지원해주는 자금으로 보상될 수 있었다. 물론 완벽하게 세탁된 자금이라 추적도 불가능했다.

"그래만 주신다면야… 하지만 어떻게 믿습니까?"

렌터카사장도 믿지고 장사하진 않았다.

바닥으로 쓰러진 사내들에게도 보상받기 힘들다고 여겼다. 여기서 보상해준단 사람이 사라지면 자신만 손해였다.

"후우… 금액이랑 계좌를 알려주시죠."

그 말과 함께 사장은 그에게 곧바로 적어주었다.

보상조치는 오래 걸리지 않았다. 김욱현이 IIS본부로 요청을 하자 모이라이에서 만들어둔 페이퍼컴퍼니를 통해 바로 지급되었다.

"됐죠?"

"아……."

난투극으로 파손된 차량의 수와 가격대로 5분도 되지 않아 입금된 것이다.

상당한 금액이라서 사장은 깜짝 놀랄 수밖에 없었다.

"그럼 실례하겠습니다."

배진수와 유강수는 그사이 차준혁이 알려준 차량을 뒤져 USB를 찾아낼 수 있었다. 다행히 사내들은 운전석 시트 밑까지 찾지 못했던 것 같았다.

"이제 복귀하자."
"알겠습니다. 조심해서 들어가죠."
미행도 허용할 수 없었다. 그렇게 임무를 마친 세 사람은 기절한 사내들을 지나쳐 차량으로 올라탔다.
물론 USB의 자료는 이동 중에 IIS로 먼저 송신을 시켜뒀다. 정보손상 및 분실을 방지한 교육, 그것도 IIS요원 방침 중에 하나였다.

어느새 저녁이 되었다.
"노리는 사람들이 있었다고요?"
차준혁은 업무를 보다가 주상원에게 USB를 입수했단 말과 함께 정체불명의 사내들에 대한 소식을 접했다.
주상원 국장도 복귀한 요원들에게 그 소식을 들었다. 그리고 세 사람이 따온 지문으로 신분도 확인해뒀다.
—기지회라는 한국계 일본야쿠자 조직원입니다. 부산을 거점으로 두고 있는데 천성파가 무너지면서 올라온 것으로 추정됩니다.
"기지회요?"
처음 듣는 조직이었다. 원래의 미래에서는 천성파가 무너지지 않았다. 당연히 부산에 거점을 두고 있던 조직이 서울로 올라올 일도 없었다.

차준혁이 천성파와 천성건설을 무너뜨리면서 미래가 바뀐 것이다.

—저희 겨레회에서 '야계(野鷄)'라고 부르는 조직의 하부조직으로 추정하고 있습니다.

기지회의 '기지'는 일본어였다. 한국어로 번역하면 꿩, 즉 야계(野鷄)를 뜻했다.

그 설명과 함께 차준혁의 얼굴이 굳어졌다.

야계(野鷄)는 겨레회의 숙적으로 불리는 친일파 조직의 별칭이기 때문이다. 어찌나 사회로 잘 녹아들었는지 겨레회에서도 그 정체를 파악하지 못하고 있었다.

"그럼 야계에서 남송그룹의 USB를 알아내고 찾아내려 했단 말이군요."

—하지만 기지회는 말단조직에 불과합니다. 저희도 계속 파악은 하고 있지만 명령체계와 상부에 대해서는 알아낸 것이 없습니다.

친일파 야계는 겨레회의 요원조직인 겨레단을 쑥대밭으로 만든 전력이 있었다.

하지만 지금은 달랐다. IIS라는 새로운 기동조직을 가지게 되었으니 다시 움직일 차례였다.

"혹시 그 녀석들이 서울 어디에 자리 잡았는지 알고 있습니까?"

—천성파가 운영했던 사업들을 대부분 흡수한 걸로 압니다.

기지회는 아직 경찰들의 시선의 띌 정로도 도드라지지 않았다. 조용히 움직이고 있다는 걸 의미했다.

그러니 차준혁도 소식을 이제야 알게 된 것이다.

"저희 쪽에서도 움직여봐야겠네요."

—조심하십시오. 야계는 절대로 만만치 않습니다.

주상원은 겨레회의 일원으로서 겨레단이 전멸하게 된 국정원 사태에 대해 뼈저리게 느꼈다.

아무리 차준혁이라도 위험할 수 있으니 걱정이 되었다.

"저는 괜찮으니 USB의 자료가 분석되는 대로 보내주세요."

전화를 끊자 옆에서 신지연이 걱정스러운 얼굴로 쳐다보았다.

"또 무리하는 건가요?"

그녀도 야계의 존재에 대해서 알고 있었다. 당연히 주상원처럼 차준혁이 걱정되어 조심스럽게 물었다.

"아니요. 일단 직접 움직이는 일은 없을 거예요."

신지연은 그 대답을 들으며 한숨을 깊게 내쉬었다.

"후우…! 그런데 준혁 씨가 말한 능력이 정말이었네요. 죽은 사람의 인생을 읽을 수 있다는 거요……."

차준혁이 알려준 곳에서 정말로 USB를 찾아냈다. 그녀는 차준혁의 신기한 능력을 믿을 수밖에 없었다.

"중요한 순간에 요긴하게 쓰였죠."

"그런 능력은 원래부터 가지고 계셨어요?"

순간 차준혁은 어떻게 대답할지 고민되었다. 그녀가 준 목걸이로 회귀하며 얻게 된 능력이기 때문이다.

앞으로 여러 일을 해나가는 데 있어서 라이브 레코드나 초감각을 사용할 일이 많을지도 몰랐다. 신지연은 계속해서 자신의 곁에 있을 테니 그 이상의 일을 알려줄 필요가 있었다.

"사실은 아무한테도 말하지 않은 비밀이 하나 더 있어요."

"뭔데요?"

그사이 차준혁은 초감각으로 귀를 쫑긋 세워 사무실 밖의 상황을 확인했다. 모이라이 본사 안을 의심하지는 않았지만 혹시나 해서였다.

물론 사무실 내부는 주기적으로 도청과 카메라 장치의 유무를 확인하여 깔끔했다.

"제가 지금부터 할 말도 믿을지 말지는 지연 씨한테 달려 있어요."

"무슨 말인데 그래요?"

차준혁의 표정이 너무 진지한 탓에 신지연은 살짝 겁먹을 정도였다. 그만큼 엄청난 비밀이었다.

"저는 2016년에서 왔어요."

"무슨 말이에요. 그게… 미래에서 왔다는 거예요?"

지금은 2007년이었다. 그런데 자신이 2016년에서 왔다고 하니 그녀로서는 미래라고 생각되는 것이 당연했다.

거기다 듣기에는 신기한 능력보다 터무니없는 소리였다. 아까보다 겁이 나는지 신지연이 몇 걸음 물러섰다.

“저도 어떻게 된지 몰라요. 하지만 미래의 지연 씨에게 받았던 이 목걸이 덕분인지 12년 전의 나로 돌아오게 됐어요.”

차준혁은 목에 걸린 목걸이를 내보이며 말했다. 그것과 똑같은 목걸이를 신지연도 하고 있었다.

그리스에서 기념 삼아 산 것으로 커플목걸이처럼 언제나 착용하고 다녔다.

“12년이요?”

“36살 때에서 24살로 돌아온 거죠.”

그 대답과 함께 차준혁은 물러선 그녀를 향해 가까이 다가섰다. 가까운 거리에서 마주 보게 되자 신지연은 또 걸음을 옮기려 했다.

하지만 차준혁이 그녀의 어깨를 잡으며 막았다.

“거기서 지연 씨는 국정원 요원이었고, 저는 IIS의 요원이었다가 콩고의 용병대장을 하고 있었어요.”

“제가 국정원 요원을요?”

본래 신지연은 겨레회의 일원으로서 국정원으로 잠입하기로 되어 있었다. 그것과 관련된 말 같았기에 그녀의 눈동자가 크게 흔들렸다.

“IIS에서 맡은 마지막 임무 때 저는 국가에게 배신을 당했어요. 그래서 죽은 척하고 용병대장으로 지면서 숨어 살다가 지연 씨가 저를 감시하기 위해 콩고로 오게 되었죠."
설명은 그렇게 시작됐다.
2016년의 기억들이 줄줄이 읊어지면서 신지연의 표정은 더욱 경악으로 물들었다.
차준혁이 경찰이 된 진짜 이유부터 지금의 모이라이가 세워지고 성장하게 된 배경까지 말이다. 한 사람이 이루기에는 턱없이 불가능했던 과정들이 이해되는 순간이었다.
"지금까지 했던 일들이 우연인 것이 아니라 전부 준혁 씨가 세운 계획이란 말이에요?"
"지금까지 제가 미래를 바꾸면서 생긴 몇 가지 변수도 있었어요. 그중에 제일 큰 변수는 지연 씨였죠."
"제가요?"
3년 전에 회귀한 차준혁은 신지연을 찾기 위해 전국의 '신지연'이란 이름을 죄다 뒤졌다. 알고 있던 나이가 틀려 제대로 못 했지만 경찰로 지내다가 운명처럼 만나게 된 것이다.
"그래도 이렇게 만났으니까 된 거죠."
"아……?"
그 순간 신지연은 자신도 모르게 눈물을 흘러내렸다.
무언가를 떠올린 것도 아니었다. 그저 차준혁의 얼굴을 쳐다보고 있자니 깊숙한 곳에서 알지 못하는 감정이 치솟는 것 같았다.
"왜 울어요."

차준혁도 그렇게 말하며 눈물이 흘렀다.

킨샤샤 공항에서 그녀의 편지를 뒤늦게 읽은 후 폭발했던 비행기의 모습이 떠올랐다.

파편들과 같이 바닥을 굴러다녔던 그녀의 목걸이와 시신조차 찾지 못했던 그때가 아른거렸기 때문이다.

"준혁 씨는요."

그 말과 동시에 차준혁은 신지연을 꼭 안아주며 입을 맞췄다.

"남송을 바로 무너뜨리지 않는다고?"

정보팀장이 된 이지후는 차준혁의 결정을 듣고 깜짝 놀랐다.

"맞아."

"IIS에서 분식회계장부도 확보했잖아. 그럼 무너뜨리는 것도 한순간인데 왜 그걸 놔둬."

분식회계로 빼돌려진 자금은 자그마치 수조 원으로, 남송그룹의 각 계열사에서 비밀리에 매집된 돈이다.

당연히 남송그룹에게 치명적일 수밖에 없었다.

"골드라인은 아직 3곳이나 남았어. 한 곳만 무너뜨려봤자 오히려 먹잇감만 던져줄 뿐이야."

기업 하나가 무너지면 다른 기업들이 하이에나처럼 달려

들어 인수하려할 것이 분명했다.

그걸 모이라이도 노릴 수 있겠지만, 기업 간에 유착이 있는 만큼 해명과 천환그룹에서 핵심만 빼갈 확률이 높았다.

어쩔 수 없이 껍데기만 먹을 것이라면 시기를 노리는 것이 옳은 선택이었다.

"흠… 그런가?"

기업들의 그런 유착관계를 이해하지 못한 이지후는 고개만 갸웃거렸다.

"그래도 흔들어 놓기는 할 거야."

천성건설도 마찬가지였지만 남송그룹처럼 거대한 기업은 야금야금 집어삼켜봤자 티도 나지 않는다. 단번에 무너뜨리기 위해서도 상당한 준비가 필요했다.

"네가 알아서 해라. 난 뒤에서 받쳐주기나 할 테니."

이지후는 머리가 아픈지 손을 내저었다.

그러다 차준혁은 문득 떠오른 것이 있었다.

"아! 그보다 저번에 알아보라고 했던 김태선에 대한 조사는 어떻게 됐어?"

모로코에 가기 전에 조사를 부탁했다. 귀국을 하고서도 정신없이 시간을 보내다보니 잊어먹고 있다가 기억난 것이다.

"그거라면 조사해놓고서… 완전히 까먹고 있었네."

대답과 동시에 이지후는 테이블로 가서 수북이 쌓인 서류더미를 뒤졌다. 거기서 구깃구깃한 봉투 하나를 찾아낼 수 있었다.

"얼마나 처박아둔 거야?"

"네가 모로코로 간 직후에 온 거니까. 대략 1달 정도 됐겠다."

"으음… 잘 좀 관리하지."

서류를 꺼내든 차준혁은 김태선의 양친과 그들이 거주 중인 조도에 대해서 확인했다. 겉보기에는 특이한 사항이 없었다.

하지만 김태선은 국선변호사로 시작해 재선의원에 올라 차기대권주자까지 되었다. 오히려 너무 평범한 배경이 수상하게 보일 수밖에 없었다.

"이것뿐일 리가 없을 것 같은데. 혹시 양친들하고 접촉해봤어?"

"당연히 해봤지. 하지만 특별한 사항은 없었어."

서류를 계속 뒤적거린 차준혁은 이상한 점을 하나 발견했다.

"김태선 의원이 양자?"

그의 양친에게는 다른 자식이 없었다. 두 사람 모두 서른이 넘어서도 자식이 없어 들였다고 되어 있었다.

그런 상황이라면 양자를 들인 것이 이해되긴 했다.

"외동아들이라서 그런지 한 달에 한 번씩 찾아가긴 하더라."

"국선변호사에다가 양부모……."

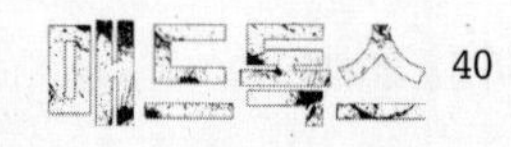

"뭐가 그렇게 의심스러운 거야?"

차준혁이 김태선에게 매달리니 이지후는 이해가 되지 않았다. 그건 옆에서 대화를 지켜보던 신지연도 마찬가지였다.

"맞아요. 나름 청렴한 대권주자로 유명하잖아요."

그 둘은 미래에 대해서 몰랐다. 차준혁도 미래에 김태선이 IIS와 기업들 사이에 얼마나 관여된 것인지 알지 못했다.

하지만 대통령이 되었던 김태선은 누구보다 탄탄대로를 걸었다.

국민들에게는 최고였던 대통령이었고, 기업들도 그를 최우선적으로 지원해주었다. 아무리 전직 대통령이라 해도 상당히 과분한 대우였다.

"혹시 김태선 의원에 대한 다른 자료는 없어?"

"잠깐만!"

이지후는 다시 서류더미를 뒤지더니 몇 가지를 찾아서 내밀었다.

"재산목록이랑 후원자리스트. 그리고 기업에서 후원받은 금액에 대한 것들이야. 재산도 적고 후원금도 모두 합법적으로 받은 거라 딱히 문제는 없어 보였어."

그걸 확인한 차준혁은 머리를 박박 긁었다. 자신이 보기에도 겉으로 문제가 전혀 없었다.

오히려 이만큼 깔끔하기가 신기할 정도였다.

"흐음… 응?"

그래도 뭔가 있을까 하고 계속 훑어보던 차준혁은 낯익은 이름들이 눈에 띄었다.

"지후야. 노숙자복지재단에서 차명계좌 발견됐던 리스트 좀 줘봐."

"차명계좌 리스트?"

이번에도 테이블을 뒤져서 찾았다. 수북이 쌓인 서류 중에 원하는 자료만 찾는 이지후가 신기해 보였다.

그 서류를 확인한 차준혁은 눈에 익었던 이유를 알 수 있었다.

"뭐가 있어요?"

"잠깐만요."

신지연이 궁금함에 얼굴을 내밀자 차준혁은 집중하기 위해 살짝 몸을 돌렸다.

"도대체 뭔데 그래요?"

"후원자 목록이랑 겹치는 이름들이 있어요."

"그건 노숙자 차명계좌잖아요."

노숙자 복지재단에 대해서는 신지연도 비서로 일하면서 알고 있었다. 뉴스로도 재단에서 차명계좌들을 찾아내 경찰로 넘겨주었기 때문에 유명했다.

하지만 김태선 의원의 후원자목록 중 노숙자가 있다는 말이 당연히 이상하게 보일 수밖에 없었다.

"맞아요."

차준혁은 그렇게 대답하면서 그윽한 미소를 지었다. 우연찮은 기회로 김태선에 대한 틈을 발견했다는 의미였다.

"먹고살기도 힘든 노숙자가 국회의원을 후원할 리가 없겠죠?"

"그게 정말이야?"

이지후도 놀랐는지 차준혁에게 서류를 빼앗아 확인해보았다. 정말로 목록 중에 노숙자의 이름과 계좌가 똑같이 찍혀 있었다.

"진짜네……."

"이 계좌들 이용내역 좀 뽑아볼 수 있지?"

"기다려봐!"

"후원자목록에 있는 계좌들 이용내역도 같이해줘."

"젠장! 이렇게 일 시키는 거냐!"

갑자기 조사할 양이 배로 늘어나자 이지후는 컴퓨터 앞으로 앉으면서 소리쳤다. 그러면서도 빠르게 손가락을 움직여 계좌의 이용내역들을 하나씩 뽑아내기 시작했다.

노숙자 차명계좌 중 이용된 목록은 적었지만 후원자들은 전체 계좌의 내력이니 그 수가 엄청나게 많았다.

차준혁은 그사이 구정욱과 지경원을 불렀다. 그리고 주경수는 어차피 구정욱의 비서였기에 같이 정보팀으로 들어섰다.

"오랜만이군."

"대표님. 오랜만에 뵙습니다."

구정욱과 지경원은 그동안 모이라이의 주축으로 바쁘게 일해 왔다. 차준혁도 마찬가지였지만 대외적인 사업이나 활동은 그 둘이 전담했기에 오랜만에 보는 것이다.

"그러게요. 모로코에서 돌아와 인사도 못 드렸네요."

"아닐세. 그보다 무슨 일인가? 이 팀장은 뭘 때문에 저렇게 바쁘고?"

정신없이 자판을 두드려대는 이지후의 모습에 구정욱은 뭔가 하며 물었다.

"김태선 의원의 후원자와 노숙자 차명계좌 이용내역을 뽑는 중입니다."

구정욱은 차준혁이 김태선에 대해 조사한다는 것을 처음 알았다. 그래서 놀란 표정으로 입을 열었다.

"그 사람이라면 차기대권주자가 아닌가."

"맞습니다. 국민들의 신뢰가 강력한 사람이죠."

"그럼 왜 조사를 하는 건가? 우리의 계획과는 무관할 텐데 말이야."

이에 차준혁은 지경원을 쳐다보며 물었다.

"경원아. 넌 김태선 의원에 대해서 어떻게 생각하냐? 너도 구 상무님이랑 같아?"

사이코패스인 지경원은 다른 시점으로 볼지 모른다고 생각한 것이다.

이에 지경원은 곰곰이 생각하고 말했다.

"보기 드물게 깨끗한 사람이라고 생각합니다. 하지만 뭔가를 숨기는 느낌이 듭니다."
"왜 그렇게 생각하는데?"
역시나 그는 구정욱과 다른 생각을 가지고 있었다.
"노진현 대통령 탄핵 관련 시위 때 연설하던 모습에 위화감이 들었습니다. 연설의 내용도 한쪽으로 치우치지 않더군요."
차준혁도 느꼈던 부분이다. 물론 대통령 탄핵에 있어 국회의원으로 의견을 내비치긴 힘들었다.
"그런가? 하지만 그 외에 이상한 점은 없지 않아."
반면에 구정욱은 아직 납득이 안 되는지 의문을 품으며 되물었다.
물론 그럴 만한 이유도 있었다.
모이라이는 골드라인 파멸과 남은 구정욱의 딸에 대한 복수를 위해서 운영되는 중이었다. 멀쩡한 차기대권주자를 뒷조사하기 위해서가 아니었다.
"이걸 보시면 생각이 달라지실 겁니다."
차준혁은 그에게 아까 발견한 목록을 보여주었다.
후원자 중에 노숙자의 차명계좌가 포함되어 있었다.
그걸 본 구정욱의 미간이 씰룩이며 방금 전 생각이 바뀌기 시작했다.
"후원자를 조작했다는 건가?"
"그런 걸로 생각됩니다."
"다 됐다!!!"

컴퓨터 앞에 앉아 있던 이지후가 소리를 질렀다. 마침내 모든 계좌내역을 뽑아낸 것이다.

"이거 양이 엄청난데요."

"자네말대로 김태선 의원이 후원자를 조작해 자금을 받은 것이라 해도 정확하게 파악할 수는 없지 않나."

확인할 인원의 수는 한두 명이 아니라 수천 명에 달했다. 그중에 불법자금을 골라낼 방법은 지금 당장 없어 보였다.

"그건 지후가 알아서 해줄 겁니다."

잠시 의자에 기대어 쉬던 이지후는 깜짝 놀라면서 고개를 들었다.

"뭐? 나?"

"정보팀원들 동원해서 이 자료들을 분류해줘. 그리고 넌 프로그램을 하나 만들어줘야 해."

"또 무슨 프로그램!"

지금까지 이지후는 IIS에서 사용할 요원용 프로그램들을 대부분 만들었다.

전파방해기기, 전파폭탄 그밖에 미토스 용병캠프에서 사용한 해킹프로그램 등등. 그 기반과 아이디어는 차준혁의 머릿속에서 나온 것이다.

하지만 프로그램이 하루아침에 뚝딱 만들어지지 않았다. 며칠 밤씩 새서 하나씩 완성할 수 있었다.

"알고리즘을 기반으로 해줘. 특정 조건에 따라 뽑아낸 계좌에서 찾는 프로그램 말이야."

"야! 내가 천재냐!"
"응. 너 천재야. 그러니까 만들 수 있어."
차준혁은 이지후의 어깨를 주무르며 기운을 북돋아줬다. 물론 그걸로 기운을 차릴 리가 없었다.
"미치겠네!"
하지만 차준혁은 그가 만들 수 있단 것을 믿어 의심치 않았다. 왜냐하면 5년 쯤 후에 이지후가 그 프로그램을 만들기 때문이다.
"네가 예전에 사용했던 룩아웃이란 해킹프로그램 있지? 그걸 밑바탕으로 깔아놓고 해봐."
"응? 그 프로그램이라면 예전에 네가 빼라고 한 뒤에 사용 안 했는데."
3년 전에 이지후가 경찰 서버를 털어볼 때 사용했던 프로그램이다. 기반은 멀티버스로 서버내부에 잠식하여 자동으로 우회된 인터넷 서버와 연결되어 검색이 가능하도록 만들어졌다.
방식은 이제 구식이지만 시스템의 바탕은 사칙연산으로 숫자를 찾아내는 데 사용할 수 있었다.
물론 이지후도 그 방법으로 프로그램을 만들어 IIS에서도 사용했다.
"잘 생각해봐. 너라면 할 수 있으니까."
이지후는 그 말을 듣지 않고 생각에 잠겨 있었다. 뭔가 떠오르는 것 같았다.

그러다 벌떡 일어나더니 크게 외쳤다.

"맞아! 그렇게 하면 되겠구나!"

천성이 프로그래머인 이지후는 기발한 발상이 떠오르면 자신도 모르게 밤을 샌다.

물론 차준혁은 그걸 잘 알기에 그의 등 뒤에서 짙은 미소를 지으며 쳐다봤다.

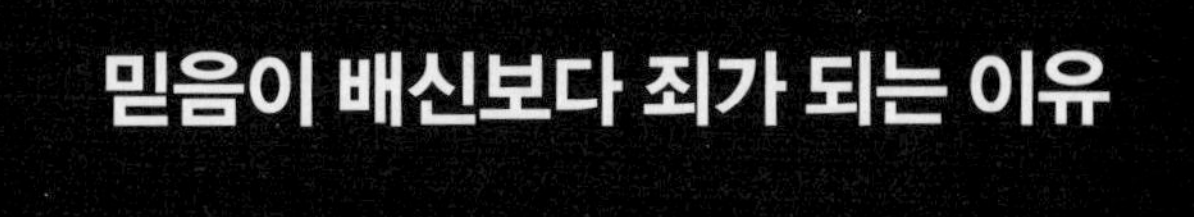

믿음이 배신보다 죄가 되는 이유

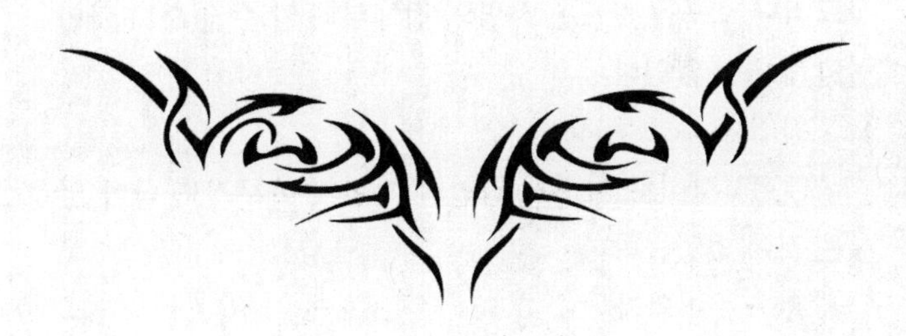

남송 회장은 본사로 출근하자마자 비서를 통해 봉투로 된 익명의 소포를 하나 받았다.

발신인을 몰랐기에 소포는 보안실과 비서실에서 안전검사를 철저하게 끝낸 상태였다.

두께 4cm 정도로 무게가 상당히 묵직했다.

"회사 앞에 놓여 있었다고?"

그 물음에 구대훈은 고개 숙이며 입을 열었다.

"그렇습니다. 일단 누가 놓고 간 것인지 알아보려 CCTV를 확인해봤지만, 그 시간대 3시간 정도의 기록이 지워져 있었습니다."

익명의 소포였다. 남송의 입장에서는 당연히 찜찜했다. 그러나 소포를 가져온 사람의 정체부터 알 수 없으니 확인할 방법이 없었다.

"침입 흔적도 못 찾았나?"

"CCTV서버로 어떻게 침입한 것인지 아무것도 남아 있는 것이 없었습니다."

"흠… 뜯어봐라."

부욱—!

봉투를 뚫어지게 쳐다보던 남송은 구대훈에게 다시 건네주었다.

구대훈은 그대로 봉투 끝을 잡아 뜯었다. 안에는 두툼하게 종이가 들어 있었다. 살짝 봉투 틈으로 살펴보니 서류가 들어 있는 것 같았다.

"위험한 것은 없어 보입니다."

"이리 줘봐라."

다시 넘겨받게 된 남송은 봉투에서 종이를 꺼냈다.

맨 앞에 적힌 서류의 이름이 보이자 남송의 얼굴이 딱딱하게 굳어졌다.

NAMSONG SECRET FILE

김성광 회계이사가 어딘가에 숨겨둔 파일의 제목과 같았기 때문이다. 아직까지 찾지 못하던 상황이었다.

이에 남송은 서류를 빠르게 들춰 보았다.

그 내용은 분실된 남송그룹의 분식회계장부였다.

비밀리에 빠져나간 비용이 어디에 사용된 것까지 기록되어 있었다.

남송은 손을 부들부들 떨면서 계속 읽어 나갔다.

"어, 어떻게 이 파일이……."

그의 반응을 지켜보다 옆으로 다가온 구대훈도 놀랐다. 장부를 숨긴 김성광까지 죽이면서 찾으려 했던 장부였기 때문이다.

그런 장부가 익명으로 배달되어 온 것이다.

"대체 어떤 놈이야!!!"

장부를 계속 들춰 보던 남송은 맨 뒷장에서 한 장의 편지를 발견했다.

탐욕에 움직인 걸음은 무덤으로 향할 것이다.

MAD DOG.

짧은 문장이지만 그 안에 내포된 의미를 상당했다.

이에 남송의 얼굴이 더욱 굳어지며 주먹까지 쥐었다. 당연히 장부는 원본일 리가 없었다. 그러니 남송은 더 답답해서 미칠 지경이었다.

"크윽……!"

"도대체 무슨 의도로 이런 편지를 보낸 걸까요?"

"어떤 놈인지는 모르지만, 우리 보고 몸이나 사리라는 것이겠지."

남송은 어렵지 않게 그 장부의 의미를 파악할 수 있었다. 잘못된 행동이 있을 경우 언제든지 뿌릴 수 있다는 의미였다.

"하아… MAD DOG이 누굴까요?"

정체불명의 인물이 남송의 약점을 틀어쥐고 있었다.

그 때문에 구대훈은 탄식을 흘리며 남송을 뚫어지게 쳐다봤다.

"나야 모르지."

"CCTV의 흔적까지 없애버린 걸 보면 절대 보통 놈은 아닐 듯싶습니다."

남송그룹 본사건물의 CCTV는 철저한 보안과 함께 내부 서버에서 관리된다. 그걸 뚫고 기록까지 지울 정도라면 결코 만만치 않을 것이다.

그건 남송도 어렵지 않게 추측할 수 있었다.

"완전히 골치 아프게 됐군."

"앞으로 어떻게 하시겠습니까?"

방금 전 편지는 어디서든 지켜보겠다는 의미도 같이 지니고 있었다. 장부를 찾고 봉투를 전한 실력이라면 남송은 함부로 움직이기가 힘들었다.

"크윽…! 도대체 어떤 녀석인 거야!"

차라리 장부를 찾던 중에 마주치기라도 했다면 누군지

유추라도 할 수 있었다.
하지만 티끌만큼의 흔적도 발견하지 못했다.
"봉투를 경찰에 의뢰하여 국과수로 넘겨볼까요?"
"일단 그렇게 해서 무엇이든 찾아봐. 물론 최대한 은밀하게 움직여야 한다. 그리고 본사 서버를 다시 점검하도록."
CCTV기록에 대한 흔적을 다시 찾아보기 위해서였다. 남송으로서는 무엇이든 찾지 못하면 목줄이 묶인 채 아무것도 하지 못할 것이다.
그것도 분식회계장부라는 서슬 퍼런 칼날이 달린 목줄이었다. 남송그룹의 목을 단숨에 잘라버릴 정도로 말이다.
"알겠습니다. 회장님."
"남진호에게는 혹시 경찰이 장부를 찾은 것이 아닌지 알아보라고 해라."
지금까지 남송그룹에서만 알고 있던 분식회계장부였다. 절대로 밖으로 새어 나가지 않았다고 자부했다.
그런데 얼토당토 않는 소문이 돌더니, 장부를 정체도 모르는 MAD DOG이란 녀석에게 선점 당했다.
남송은 최대한 많은 수를 생각할 필요가 있었다.
"일단 확인해보겠습니다. 하지만 검찰에서도 극비수사팀은 없었는데… 검경에서 우리보다 먼저 장부를 찾아냈을까요?"
"확률은 없지만 무엇이든 해봐야지. 그게 어떤 놈인지

모르는 이상 함부로 움직일 수 없으니까."

너무나 치욕적인 상황에 남송은 이를 악 물었다.

"끝났다~!!!"

정보팀 사무실에서 4일을 보낸 이지후는 만세를 부르며 벌떡 일어섰다. 주변에서 업무를 보고 있던 정보팀원들은 깜짝 놀라며 그를 쳐다봤다.

그사이 엘리베이터 문이 열리며 차준혁과 신지현이 함께 들어왔다. 프로그램이 완성됐는지 매일 확인하는 거였다.

"대표님. 오셨습니까!"

정보팀원들은 그런 차준혁을 보고 고개를 숙여 인사했다.

"제가 그런 인사는 하지 말라 했잖아요."

차준혁은 거추장스러운 인사를 좋아하지 않았다. 매번 그만두게 했지만 직원들은 차준혁을 존경하는 마음으로 인사를 계속했다.

"아무튼 중요한 일이 있으니 잠시 자리를 비워주셨으면 합니다."

누구도 토를 달지 않고서 자리를 빠르게 정리한 뒤 정보팀 사무실을 나갔다.

주변이 조용해지자 차준혁은 이지후에게 다가가려 했

다. 그런데 몇 걸음 가지 못하고 멈출 수밖에 없었다.

"드디어 된 거냐? 윽! 냄새!"

4일간 밤을 샌 이지후는 제대로 씻지도 못해서 꼬질꼬질했다. 오죽했으면 팀원들도 그에게 나는 냄새 때문에 일정 거리를 유지하기 바빴다.

"이게 누구 때문인데!"

"알았으니까. 거기서 프로그램 좀 가동시켜봐."

"내가 네 녀석이랑 인연을 맺은 게 문제지! 문제야!"

이지후는 다시 자리에 앉더니 메인브라운관으로 화면을 띄웠다. 자판을 두드려 특정 조건을 입력한 후 엔터키를 눌렀다.

탁—!

모이라이 본사 서버는 슈퍼컴퓨터로 운영됐다. 그 덕분에 엄청난 전산처리가 이뤄질 수 있었다.

화면이 빠르게 바뀌면서 수십 명의 목록이 완성되기 시작했다. 그 목록을 확인하던 차준혁은 만족한 표정을 지었다.

"후우…! 이제 됐냐?"

이지후가 옆으로 비키자 차준혁은 목록들을 하나씩 확인해봤다. 김태선의 후원금으로 들어간 계좌내역이 정확하게 골라져 있었다.

그 내용으로 후원금의 정기적인 입금금액과 시기를 알 수 있었기 때문이다.

"역시! 김태선은 불법후원금을 받고 있었어."

"정말이에요?"

어찌 보면 신지연도 김태선의 지지자 중 하나였다.

불법증거가 나왔다는 말을 들으니 놀랄 수밖에 없었다.

"합법적인 증거로 쓸 수는 없지만 모이라이의 새로운 목표로 삼기에는 충분할 것 같네요."

지금 조사한 계좌내역은 이지후가 후원재단을 해킹해서 알아낸 것들이다. 당연히 김태선을 고소하는 데 있어서 합법적으로 적용되기 힘들었다.

신지연은 그런 말을 들으며 차준혁이 띄운 목록을 확인해봤다. 매달마다 가구당 10~100만 원까지 김태선에게 후원금을 보내주고 있었다.

"음… 뭐가 이상하다는 거예요?"

그 내용을 확인한 신지연의 고개가 갸웃거렸다.

"여기 보면 가구당 월수입이 200에서 300만 원 정도예요. 그런 집에서 1/4나 되는 금액을 후원금으로 내줄 수 있을까요?"

계좌에는 월마다 입금된 금액이 있었다. 당연히 월급이라고 생각할 수 있었다. 그중에 일정금액이 후원금으로 지급되었다.

하지만 일반인 월급을 생각한다면 괜찮다고 쉽게 넘길 액수가 아니었다.

"그래도 지지가 확고하면 그 정도까지는 낼 수도 있잖아

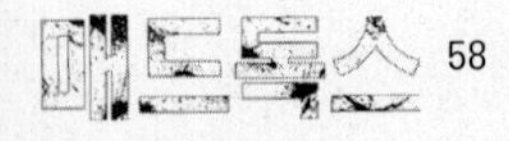

요.”

신지연은 그 금액을 대수롭지 않게 생각하는 것 같았다. 물론 지지에 대한 생각이 확고하고 정당에 가입된 사람이라면 가능하기도 했다.

하지만 차준혁은 후원금을 입금한 사람들이 모두 정당가입자라고 생각하지 않았다.

“좀 더 확인을 해봐야겠지만 일반 가정집에서 그 정도 후원금은 어려워요. 지연 씨도 생각해봐요. 만약 아이까지 있는 집이라면 가능하겠어요?”

맞벌이로 월 400만 원 이상 벌어들여도 아이가 두 명이면 생활하기도 빠듯하다. 신지연이 본 목록에 있는 사람들 중에는 100만 원 정도의 수입을 가진 사람도 20만 원의 후원금을 냈다.

한 달을 80만 원으로 생활하게 된다는 의미였다.

신지연도 그러한 계산이 머릿속에서 이뤄지며 눈을 크게 뜰 수밖에 없었다. 큰 수입만 생각했지 적은 수입으로 후원금을 내는 것까지 생각하지 못한 탓이었다.

“진짜 이상하네요. 얼마 되지 않은 수입을 다 가져도 모자랄 판국에 띄어주기는 힘들 테니까요.”

“맞아요. 지금 보는 대로 김태원에게 뒷돈을 후원금으로 전해주는 이들이 있단 말이겠죠.”

차준혁은 신지연을 그렇게 설득하고서 다른 의문점을 발견했다. 한 사람이 처음부터 지금까지 계속 후원하는 것이 아니라 3개월씩만 후원금을 지급하는 식으로 지급이 되었다.

계좌들을 따로따로 본다면 분명 몰랐을 것이다.

이지후가 만든 프로그램이 있기에 한눈에 확인할 수 있었다. 그리고 지금의 의문점을 해결하기 위해서도 다시 그 능력이 필요했다.

"이거 좀 더 파봐야 할 것 같은데… 지후야! 응? 어딜 간 거지?"

아까까지만 해도 이지후는 의자에 드러누운 채로 있었는데 어느새 사라진 상태였다.

"저기……."

신지연이 발견했는지 손가락으로 가리켰다.

그곳은 방금 차준혁과 그녀가 타고 온 엘리베이터 안이었다.

타타타타타탁!

이지후는 엘리베이커의 닫힘 버튼을 급하게 눌렀다.

"야! 이지후!"

"이렇게 또 밤을 샐 수는 없어!"

그렇게 이지후의 괴성과 동시에 문이 닫히고 말았다.

"……."

더 이상 밤을 새기 싫어서 도망친 것이다.

이에 차준혁은 어이가 없어서 그렇게 닫힌 엘리베이터 문만 쳐다보고 있었다.

"준혁 씨가 좀 심했어요. 아무리 일이 중요하다지만 4일 동안 집에도 못 들어간 이 팀장님한테 또 일을 시키려고 하면 안 되죠."

"그게 아니라 며칠 푹 쉬고서 시작하라고… 말하려 한 건데요."

"아……."

자라 보고 놀란 가슴 솥뚜껑 보고 놀란다고 했던가.

이지후는 자신을 또 찾는 차준혁의 목소리만 듣고서 놀라 도망쳐버린 것이다.

띵—!

그때 엘리베이터가 다시 정보팀이 있는 층에 도착하더니 열렸다.

도망친 이지후가 돌아온 줄 알았지만, 구정욱과 지경원이 나왔다.

"차 대표. 방금 전에 이 팀장이 도망치듯이 차를 타고 나가던데 무슨 일인가?"

"지레 겁먹고 도망간 겁니다. 그보다 확인됐으니 보시죠."

차준혁은 그 둘에게 방금 전 조회한 기록들을 보여주었다. 두 사람 모두 기업인이라 숫자에 강하다보니 입금내역만 보고 문제점을 알아낼 수 있었다.

"월수입에 비해 후원금이 주기적으로 입금되었군."

"그보다 이 통장은 주거래은행도 아닌 것 같군요."

내역에서 지경원은 다른 부분도 찾아냈다.

"뭐가 문제인 것 같은데?"

"월급처럼 입금된 일자가 세 가지 패턴으로 나뉩니다. 5일, 15일, 20일. 월급이 매달 그런 방식으로 들어갈 리가 없지 않을까요?"

그건 차준혁도 눈치채지 못했던 사항이다. 남들과 다른 시선으로 볼 수 있는 지경원이기 때문에 가능한 분석력 덕분이었다.

"정말이네. 그렇다면 더 확실한 건데 말이야."

"자네 말대로 김태선 의원이 합법적인 자금으로 후원받는 것이 아니로군."

구정욱도 확신에 찬 목소리였다. 그도 신지연처럼 김태선의 지지자이기도 했다. 그래서 배신을 당한 표정을 지어 보였다.

"앞으로 파볼 것이 더 많아요."

"우리도 도와주겠네. 어떻게 해주면 되는가?"

"일 때문에 바쁘지 않으세요?"

나름 도움이 필요하긴 했지만 두 사람은 이미 모이라이의 대외적인 중요업무를 담당하고 있었다. 그 탓에 하루하루가 너무 바빠서 약속하지 않으면 제대로 보기도 힘들었다.

그건 차준혁도 마찬가지였지만 김태선에 대한 일은 그만큼 중요했다.

"겉으로만 깨끗한 척하는 사람을 대통령으로 지지할 수는 없지 않겠나."

"저도 동감입니다. 무슨 일이라도 괜찮으니 말씀만 하십시오."

구정욱과 지경원은 진심을 담아서 대답해줬다. 물론 그런 두 사람의 도움이라면 차준혁에게 큰 힘이 될 것이다.

"일단은 후원자 명단의 사람부터 확인해봐야겠어요. 하지만 모이라이에서 움직이면 눈치를 챌 테니. 이건 경찰청 수사 1팀에 맡기겠습니다."

어떤 것보다 합법적인 부분이 필요하다. 그러기 위해서는 경찰의 힘이 제일 좋았다.

물론 검찰청도 있지만 제계관계상 국회위원의 뒷조사를 하는 것이니 난처해질 수 있었다. 반면에 경찰은 경찰청장의 권한으로 수사만이라도 가능했다.

"나쁘지 않은 방법이지. 그럼 우리는 뭘 어떻게 해주면 되겠나?"

"최근에 기지회라는 한국계 야쿠자조직이 천성파가 빠져나간 자리로 스며든 것 같습니다. 그들이 자리 잡은 건물을 합법적으로 사들여주세요."

"건물을?"

너무 뜬금없어 보이는 요청에 구정욱은 무슨 말인지 이해되지 않아했다.

"바퀴벌레를 잡으려면 집처럼 만든 끈끈이로 몰아넣고

버리는 방법이 제일이니까요."

"그보다 기지회란 조직이 자네 심기를 건드린 건가?"

모이라이의 목표와는 무관해 보이는 조직이기에 구정욱은 아까보다 이해하지 못하고 있었다. 그건 옆에 선 지경원도 마찬가지였다.

둘 다 설명을 해달라는 표정이었다.

"겨레회와 숙적으로 예상되는 야계라는 조직의 하부조직 같아서요. 도와주기로 했으니 힘써봐야죠."

구정욱과 지경원은 그제야 이해하고서 고개를 끄덕였다.

"그랬군. 바로 움직이도록 하지. 물론 돈이 얼마가 들어도 상관없겠고 말이야."

"저는 뭘 할까요?"

건물 매입은 구정욱만으로 충분했다. 그러니 지경원도 돕고 싶은지 차준혁에게 물었다.

"기지회는 부산으로 시작되었다고 하니까. 경원이는 JW물산으로 출장을 가서 기지회에 대해 조사를 해줘."

부산은 모이라이와 제휴한 JW물산의 정재원 회장이 꽉 잡고 있었다. 분명히 기지회에 대한 정보를 얻는 데 큰 도움이 될 것이다.

"알겠습니다. 중요한 업무만 처리하고서 바로 가보겠습니다."

둘은 대화가 끝나자 다시 엘리베이터로 향했다. 앞으로

의 일이 많으니 중요업무부터 해결하기 위해서였다.

그사이 차준혁은 다시 자리에 앉아 김태선의 후원 흔적을 프로그램으로 몇 차례 돌려봤다.

"결국 또 무리하시는 거네요."

신지연은 그 모습을 보며 차준혁의 어깨를 양손으로 감쌌다.

"미안해요. 흔적을 잡은 이상 빨리 끝장내야 나중이 편해질 수 있어서 그래요."

아직 노진현 대통령의 임기가 남아 있는 만큼 김태선의 지지율도 계속 올라갈 것이다. 그 전에 완벽하게 무너뜨려야 대선 후보에서 탈락시킬 수 있었다.

차준혁은 근심이 가득해진 신지연을 보며 자신의 어깨를 감싼 그녀의 손을 꼭 잡아주었다.

"알았어요. 그런데 남송그룹은 장부사본만 전해준 채로 두실 거예요?"

"앞으로 함부로 움직이진 않겠죠. 하지만 진범은 잡도록 해줘야 하니 경찰청에 가봐야 해요."

그 대답에 신지연은 놀란 표정으로 입을 열었다.

"진범을 찾았어요?"

"라이브 레코드로 피해자가 죽은 창고를 찾아냈어요. 그 인근에서 시신을 하나 찾았다니 바로 범인이겠죠."

"뉴스에는 안 나오던데요?"

지금까지 차준혁의 곁에 있던 신지연은 딱히 본 것이 없었다.

"내일이면 나올 거예요."

"어떻게요?"

아무것도 모르니 신지연의 물음이 계속됐다. 그 모습에 차준혁은 살짝 미소를 지어 보였다.

띠이! 띠이……!

잔잔한 신호음이 캄캄한 숲 속을 울렸다. 한 사내가 들고 있는 납작한 원반이 매달린 막대기에서 나는 것이다.

혼자만이 아니었다. 주위로 몇 명의 사내들이 그와 똑같은 도구를 들고 움직이고 있었다.

한참을 움직이던 이들이 한곳으로 모여들었다.

"후우… 이건 무슨 백사장에서 바늘 찾기도 아니고."

조용히 중얼거린 사내는 IIS요원인 김욱현이었다.

그는 매우 불만스런 표정이었다. 이에 옆으로 앉은 배진수도 작은 목소리로 중얼거렸다.

"백효승의 핸드폰 마지막 신호가 뜬 곳이 여기 주변이라잖아. 그럼 어딘가 묻혀 있겠지."

"진짜 마지막 신호는 서울이었잖습니까."

이번 임무는 백효승이란 사내의 시신을 찾는 것이다. 그리고 백효승은 차준혁이 라이브 레코드로 확인한 김성광의 살해용의자였다.

이후에 차준혁은 백효승을 전과자 목록에서 확인해 추적했다. 거기다 백효승은 자신 명의의 핸드폰까지 사용 중이었다.

기록 확인과 발신지 추적까지는 오래 걸리지 않았다. 김욱현의 말대로 마지막으로 핸드폰이 켜진 장소는 서울 안쪽이었다. 하지만 차준혁이 그런 꼼수에 걸려들 리가 없었다.

"페이크라고 했잖아. 계획범죄로 추정될 시에 마지막 신호는 그 전이다. 요원수업에서 못 들었어?"

그런 대답에 유강수가 설명을 해주면서 한숨을 내쉬었다.

"아……!"

"일단 다시 찾기나 하자. 최대한 빨리 찾아봐야지."

세 사람이 일어나자 다른 이들도 함께 움직였다. 다시 장비들을 챙겨 땅 밑을 탐색하기 시작했다.

얼마 정도 수색하다가 김욱현의 기기에서 소리가 울렸다.

띠! 띠! 띠!

주변에 있던 사내들의 시선이 몰려들었다.

사사사사삭!

동시에 사내들의 발걸음이 그가 있는 곳으로 향했다. 다들 모여 들더니 영상장비를 꺼내 신호음이 울린 자리로 연결을 시켰다.

지질 및 화석탐사에 쓰이는 장비였다. 영상에는 땅 밑으로 무언가를 투시하여 보여주었다.

"빨리 투영장비를 가져와봐."

배진수의 지시에 다른 요원들이 움직여 장비들을 들고 왔다. 지질학자가 화석탐사를 할 때 사용하는 장비들이었다.

소리가 난 자리로 그 장비들이 설치되었다.

땅 아래가 모니터로 나타났다. 초음파로 확인되는 것이라 정확한 형상은 아니었지만 시신이란 것을 알게 해주었다.

"찾았다."

"그럼 바로 작업하겠습니다."

유강수도 그걸 보며 배진수에게 말했다.

"여기 출신으로 확실히 선출해놨지?"

"문제없습니다."

그 뒤로 소리가 난 자리를 넓게 파기 시작했다.

탐색했던 대로 시신이 나왔다. 다행히 심하게 부패되지 않은 상태라 얼굴을 확인할 수 있었다.

"백효승이 맞습니다."

유강수의 대답과 함께 한 요원이 낡은 철제상자를 들고 와서 그 자리 옆에다가 묻었다.

"이 정도면 되겠지. 시나리오대로 할 사람들만 놔두고

모두 철수하자."

"아침에 바로 신고하겠습니다."

남은 요원이 그렇게 대답하자 배진수는 그의 어깨를 두드려주며 다른 요원들과 같이 사라졌다.

[금일 새벽 경기도 화성시 서신면 인근 산에서 타임캡슐을 찾던 사람들을 통해 변사체가 발견되었습니다. 시신의 신원은 백XX 씨로 마약 전과 3범이라고 해당 관할 경찰서에서 발표했습니다.]

시신이 발견되었다는 뉴스는 지방에서 빈번하게 보도되는 일 중에 하나였다. 물론 경찰들도 관할 경찰서에서 맡으면 전부인 사건이었다. 그러나 이번에는 본청 수사 1팀이 움직여 사건을 이관시켜갔다.

시신의 통화기록에서 얼마 전에 죽은 남송그룹 김성광 회계이사의 번호가 나온 탓이다.

"모두 비켜요!"

수사 1팀장 박광록은 냄새를 맡고 쫓아온 기자들을 헤치며 이동형과 같이 현장으로 들어섰다.

시신은 이미 화성시 관할 경찰서에서 수습하여 국과수로 이송된 상태였다. 팀원들은 시신이 묻혀 있던 구멍으로 다가섰다.

"여기에 백효승이 묻혀 있었단 말이지?"

그 물음에 이동형이 이관받은 초동수사 서류를 보며 말했다.

"맞습니다. 사망한 시기는 대략 2주 전으로 확인된다고 국과수에서 전해 들었습니다."

"2주면 김성광이 죽은 시기랑 비슷한데? 시신이 발견됐던 장소랑 거리는?"

질문이 이어지자 이동형은 미리 확인한 자료를 꺼내서 읽어 내려갔다.

"여기서 차로 약 30분 거리입니다."

"흠… 그럼 이 주변을 한 번 훑어봐야겠네. 근데 나머지 녀석들은?"

"강 형사와 안 형사는 이미 근처 수상한 곳이 있는지 찾으러 갔습니다. 그리고 남진호는 중요한 일이 있어서 좀 늦는다고 합니다."

둘 다 형사경력이 상당했다. 척하면 척이라고 사건의 상황을 보고 미리 파악한 것이다.

"무슨 일이래. 아무튼 우리는 여기 좀 살펴보자."

박광록은 구덩이 주변에서 증거가 될 만한 것이 더 있는지 이동형과 함께 찾기 시작했다.

한편, 녹슨 철문이 시끄럽게 열리며 강혜와 안대연이 안으로 들어섰다.

끼이익…….

사용한 지 상당한 세월이 지나 보이는 창고였다. 그들이 걸음을 옮길 때마다 바닥의 먼지가 피어올랐다.

“여기 가운데만 치워져 있는데요.”

“그렇다면 감식반부터 불러봐.”

주변으로 가득한 먼지와 달리 창고 한가운데만 청소를 한 것처럼 깨끗했다.

강혜의 지시에 안대연은 주변에서 대기 중이던 감식반을 불렀다. 그들이 도착하자 방금 전 발견한 자리로 루미놀 용액을 뿌려댔다. 주변을 살피고 있던 강혜는 준비된 것을 보며 가까이 다가왔다.

“역시 여기가 현장이었나 보네.”

용액이 뿌려진 자리로 닦여진 혈흔이 형광반응을 일으키며 푸르게 빛을 냈다. 그 흔적은 먼지가 치워진 자리로 대부분 퍼져 있었다. 일단 누구의 핏자국인지 몰라도 다량의 출혈이었단 것을 알 수 있었다.

“혈흔을 채취해서 국과수로 보내놓겠습니다.”

산속에서 발견된 피해자는 얼마 전에 발견된 김성광과 통화기록이 있었다. 고문을 당했다는 차준혁의 예상이 확실하다면 현 위치가 그 범행의 현장일 확률이 높았다.

"일단은 찾은 것 같다고 팀장한테도 연락해둬."

"알겠습니다."

강혜와 안대연은 지금의 장소가 피해자 김성광이 살해된 장소라고 판단했다. 연락은 그대로 박광록에게 닿았다. 박광록은 중요한 현장이 발견된 것이기 때문에 연락을 받자마자 이동형과 함께 그 창고에 도착했다. 산속 현장과 멀지 않은 거리라 오래 걸리지 않았다.

"정말 여기가 살해현장이란 거야?"

"팀장도 보면 알잖아."

캄캄한 창고바닥으로 푸르게 빛나는 루미놀 반응에 가까이 다가오던 두 사람은 멈춰 섰다. 그렇게 앞은 혈흔의 흔적으로 가득했다.

"혈액은 감정 보낸 거야?"

"오시기 전에 요청해뒀습니다. 최대한 빨리 확인해달라고 해놨으니 내일이면 나올 겁니다."

피해자 김성광의 혈액과 대조 작업을 요청한 것이다. 그것만 일치한다면 지금 현장이 김성광이 죽은 장소일 것이 확실했다.

"그보다 백효승의 시신이 발견된 곳에서는 뭐 좀 나왔어?"

피해자 김성광과 백효승의 관계는 통화기록만 남아 있어서 정확히 파악되지 않았다.

대기업 회계이사와 마약 전과자. 거기서 유추할 수 있었던 것은 피해자와 용의자였다. 그러나 아직 증명된 것이 하나도 없었다.

"아무것도 안 나왔어. 복부를 칼에 찔려 과다출혈로 죽은 것만이 전부야."

"어떤 놈한테 죽었는지. 사건만 더 어렵게 만든다."

사건이 점점 더 꼬이는 것 같은지 강혜는 인상을 찌푸리며 투덜거렸다.

"그보다 안 형사는 백효승 통화기록 더 뒤져봤어?"

안대연은 그런 박광록의 물음에 품속에서 통화기록 확인서를 꺼내 내밀었다.

"다행히 대포폰이 아니라 어렵지 않게 알아낼 수 있었습니다. 그리고 마지막 수신기록의 발신지는 공중전화로 확인됐습니다."

그걸 펼쳐본 박광록도 강혜처럼 인상이 써진다.

의도적으로 공중전화를 사용한 것이라면 그 주변을 뒤져봐도 증거가 나오지 않을 확률이 높았다.

"일단 확인부터 해봐. 그리고 준혁이도 좀 불러줘. 이만한 흔적이 나왔으니 뭔가 더 발견할 수 있을지도 모르니까 말이야."

차준혁은 신지연과 같이 화성시 사건현장에 도착했다.

경찰들과 기자들로 둘러싸인 산속의 사건현장은 그들의 등장으로 인해 더욱 시끄러워졌다.

"여기는 무슨 일로 오셨습니까?"

"혹시 경찰로 다시 복귀하시는 겁니까?"

기자들의 관심사는 오직 차준혁에 대한 사항뿐이었다. 그렇게 질문세례가 퍼부어졌지만 차준혁은 그들을 무시하며 지나갔다. 현장으로 미리 돌아와 있던 박광록은 머리를 긁적이며 차준혁에게 다가섰다.

"일이 바쁠 텐데. 또 불러서 미안하다."

전문적인 심리학자나 분석가라면 모를까. 일반인도 아니고 한 기업의 대표를 사건 때문에 호출한 것이다. 당연히 그의 입장에서 그런 마음을 들 수밖에 없다.

"아닙니다. 그보다 여기서 발견되었다고요?"

"상당히 깊게 묻었나보네요."

옆으로 다가온 신지연이 구덩이를 보며 말했다. 그녀의 말처럼 시신이 묻혀 있던 땅은 2m 정도로 상당히 깊었다.

"정말 용케 찾아낸 거지."

지금의 깊이대로 시신을 묻으면 산사태가 일어나지 않는 이상 발견되기가 힘들었다.

"타임캡슐을 찾으러 왔다가 발견했다고 했죠?"

첫 발견자는 30대 초반의 남성이었다.

그는 10살 때에 타임캡슐을 묻었다가 약 20년 만에 찾으러 와서 시신을 보게 되었다고 증언했다.

“어떤 놈이 범인인지 더럽게 재수 없었던 거지. 하필이면 타임캡슐을 묻었던 자리 근처에다가 매장했으니 말이야.”

차준혁은 사건현장을 훑으며 그들의 대화를 들었다. 그러면서 자신도 모르게 미소가 지어졌다.

‘적당한 핑계거리를 만들어보라고 했더니. 타임캡슐?’

며칠 동안 시신을 찾아준 IIS요원들이 만든 시나리오였다. 나쁘지 않은 방법이기는 했다. 발견자도 출신지역 사람으로 배치해두어서 문제가 없었다.

“그게 아니었다면 못 찾았겠네요.”

“맞아. 그게 아니었다면 공소시효가 다 끝난 후에나 발견됐을걸.”

신지연의 물음에 박광록은 다행이라는 듯이 안도의 한숨을 내쉬면서 차준혁의 곁으로 다가갔다.

“어때? 뭐 좀 찾았어?”

“동형아. 통화기록을 볼 수 있을까?”

“여기.”

차준혁은 그가 내민 서류를 살펴보았다. 마지막 수신자는 공중전화였다. 배후의 인물이 흔적을 남기지 않기 위해서 사용한 방법일 것이 분명했다.

“이게 좀 수상하네요.”

“나도 그렇게 생각해서 주변 CCTV 확인해봐야 해.”

“백효승이 속했던 조직은? 아니면 마약을 구매한 조직

에 대해서는?"

"그것도 알아봐야지."

이제 김성광을 죽인 백효승의 사체까지 확보가 되었다. 뒤에서 백효성에게 사주한 남송그룹이라면 그걸 숨기기 위해 난리가 났을 것이다. 분식회계에 대한 협박까지 받았고, 시신까지 발견되었으니 그들은 최대한 은폐하려는 데 집중할 것이라 추측되었다.

조용히 있던 박광록이 조심스럽게 말했다.

"저번에 말했던… 남송그룹에 대한 소문은 어떻게 된 거야? 혹시 기업들 사이에 뭔가 움직임이 있나?"

수사를 하면서 신경이 쓰였는지 주변 사람들이 듣지 못하게 조용히 물었다.

"아직은 딱히 없어요. 근데 왜요?"

"나도 남송그룹이 수상해서 말이야."

"그곳에서 피해자에 대한 자료는 다 준다면서요."

현재 남송그룹은 최대한 협조적이었다. 오히려 너무 수상할 정도로 적극적이라 박광록은 의문이 들었다.

"거기서 말하길 김성광 이사가 자체적으로 비자금을 마련했다고 하더라. 그걸 들고 사라지려고 했던 것이 아니냐고 하던걸."

차준혁도 처음 듣는 말이었다. 그리고 남송그룹의 비자금이라면 남송 회장이 가만히 놔뒀을 리가 없었다.

"그건 좀 억지가 보이는 증언이네요."

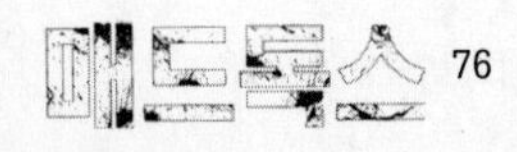

"하지만 서류도 내주던 걸."

"저희 회사 사람을 통해서 확인해볼게요."

기업에 관한 자료라면 모이라이의 경제 관련 분야를 전문적으로 배운 지경원이 있었다. 그에게 확인만 받는다면 문제점을 찾아낼 수 있을 것이다.

"그래준다면 좋지."

물론 일반인에게 수사에 대한 자료를 함부로 넘겨선 안 되었다. 그러나 차준혁은 경찰청장이 위임한 특별수사 고문이라서 전혀 문제 되지 않았다.

"첫 발견자는 어디 있죠?"

"저기 있는데 만나 볼래?"

"그래볼게요."

박광록은 한쪽에 앉아 있는 2명의 사내를 가리켰다. 그곳으로 자리를 옮긴 차준혁은 그들 앞으로 섰다. 사내들은 차준혁이 다가오는 것을 보고 먼저 일어나 있었다. 워낙 유명인이라서가 아니라 면식이 있기 때문이다.

"저는 차준혁이라고 합니다. 뜻하지 않게 시신을 발견하셔서 많이 놀라셨겠습니다."

"아……."

그들은 차준혁의 물음에 놀란 척을 하는 것인지 대답에 뜸을 들였다.

"조용히 대답하는 척만 하세요."

"알겠습니다. 대표님."

첫 발견자인 IIS요원들은 조심스럽게 대답했다.

"제가 부탁한 것은 챙겨두었습니까?"

"여기 있습니다."

한 사내가 손을 살짝 펼쳐서 약봉지처럼 접힌 종이를 보여주었다.

"정신적으로 많이 놀라셨을 텐데 감사합니다."

차준혁은 그 순간 크게 말하며 사내의 오른손을 맞잡고 악수해주었다. 동시에 접혀 있던 종이도 차준혁의 손으로 넘어올 수 있었다.

"저희는 이제 어떻게 할까요?"

"한동안 증언이 필요할지 모르니 IIS로 복귀는 그때까지 미뤄주세요."

다시 조용해진 대화는 그걸로 끝이었다.

"뭘 받으신 거예요?"

옆으로 서 있던 신지연은 뭔가 넘겨받는 모습을 보고서 물었다.

"시신의 모발이에요."

"아… 그걸로 확인해보시게요?"

"범인이 누군지 알아내기 제일 좋은 방법이잖아요."

그렇게 말한 차준혁은 품속에서 핸드폰을 꺼내는 척하면서 종이봉투를 집어넣었다.

"딱히 중요한 증언은 없었지?"

"그렇긴 하네요. 그런데 강 형사님이랑 안 형사님은 어디 가셨나요?"

"창고에 있어. 거기도 가볼래? 일단 혈흔이 나와서 국과수에 대조 작업은 요청해뒀어."

남송그룹이 범죄의 배후라면 뻔히 보이는 증거를 놔둘 리가 없었다. 그건 차준혁도 충분히 예측할 수 있었다.

"그럼 결과를 기다려 봐야겠네요. 일단 다시 회사로 돌아가 보겠습니다. 아까 말했던 자료는 보내주세요."

"알겠다. 딱히 볼 것도 없었는데 괜히 부른 것 같네."

서울에서 화성까지는 거리가 있었다. 노는 사람도 아니고 한 기업의 대표를 호출한 것이니 박광록은 미안한 표정을 짓고 있었다.

"아니에요. 언제든 무슨 일이 있으면 불러주세요."

차준혁은 그렇게 말하고서 신지연과 함께 차로 발길을 돌렸다.

초가삼간 태워버리기

캄캄한 창고 가운데로 조명이 비춰졌다. 그 아래에는 중년의 사내가 피범벅이 된 채로 고개를 푹 숙인 상태였다.

[쳇! 불지도 않고 죽어버리다니.]

조명 밖에서 그런 사내를 지켜보며 중얼거리는 목소리가 울렸다.
그 시야로 같이 쳐다보던 사람이 또 있었다.
바로 차준혁이다.
신지연과 같이 회사로 돌아와 IIS요원들에게 받은 백효승의 머리카락으로 라이브 레코드를 쓰는 중이었다.

시야의 주인인 백효승은 피가 묻은 손으로 자신의 노란 머리를 쓸어 올렸다. 의자의 앉아 있는 사내가 죽어버렸기 때문이다.

덜컹—!

잠시 후 창고의 철문이 열리더니 남송그룹의 비서인 구대훈이 안으로 들어섰다. 그의 시선은 죽어 있는 김성광의 모습으로 향했다.

[진짜 죽은 건가?]

[그렇게 됐수.]

[장부를 숨겨둔 곳은?]

그런 물음에 백효승은 고개를 돌리더니 침만 바닥으로 뱉어댔다.

[알아내지 못한 것인가?]

[숨이 넘어갈 만하면 불 줄 알았더니 저렇게 됐수다.]

[분명히 내가 알아내라고 했을 텐데.]

목적을 이루지 못했음에도 백효승은 자신의 잘못이 아니라는 듯 불만이 가득했다.

그 모습에 구대훈의 미간이 찌푸려졌다.

[나는 할 만큼 했수. 그러니 돈이나 주슈.]
[하…….]

구대훈은 기가 차는지 허탈한 한숨을 쉬었다.

[괜히 꼼수 부리지 마슈. 그랬다간 다 죽는 거니까.]

그 대답에 구대훈의 시선이 창고 문으로 향했다.
어둠 속에서 대기 중이던 사내가 가방을 들고 앞으로 나왔다.

[2억이다. 그걸로 해외로 나가서 몇 년간은 절대 들어오지 마.]
[꼴랑 2억 가지고 재기는…….]

백효승은 그 가방을 냉큼 받아들더니 열어보았다. 투덜거렸지만 수북이 쌓인 지폐더미에 자신도 모르게 미소가 지어졌다.
저벅저벅.
그 순간 가방을 건네줬던 사내가 백효승에게 다가가더니 팔을 휘둘렀다.
퍽—!

'저렇게 될 줄 알았다.'

차준혁은 백효승의 시야가 캄캄해진 것을 보며 과거로 이동했다. 구대훈과 처음 만났던 상황부터 김성광을 납치한 상황을 확인하기 위해서였다.

스으으으윽…….

모든 확인이 끝나자 차준혁은 라이브 레코드를 해제하여 시선을 되돌렸다.

"끝났어요?"

신지연은 한순간 멍해졌던 그의 모습이 되돌아오는 것을 보며 물었다.

"피해자는 남송그룹 주차장에서 백효승에게 납치를 당했어요. 그리고 배후는 남송그룹 회장의 비서인 구대훈이고요."

"그럼 주차장 CCTV는 남송그룹에서 꾸몄다는 말이네요."

차준혁의 설명에 신지연도 이해할 수 있었다.

남송그룹은 의도적으로 김성광을 납치한 후에 CCTV를 숨긴 것이다. 그러나 장부가 숨겨진 곳을 알아내는 과정에서 실수로 김성광을 죽여 버렸다.

최대한 관계를 남기지 않기 위해서 너무 무관한 사람을 쓴 탓이었다.

"앞으로 어쩌실 거예요?"

"일단 구대훈은 잡아넣어야죠."

"그 사람 배후에 있는 남송은요?"

비서가 독단적으로 지금의 일을 꾸몄을 리가 없었다. 당연히 남송 회장의 지시가 있었을 것이고, 지금처럼 범죄가 이뤄진 것이 분명했다.

"어차피 꼬리를 자를 거예요. 먼저 박광록 팀장님한테 구대훈의 이동경로만 파악해보라고 전해주세요."

관계가 들통나지 않게 연락체계를 신경 썼다고 해도 당사자의 알리바이는 어쩌지 못한다. 구대훈도 신경을 쓰긴 했겠지만 한계가 있었다. 차준혁은 그 틈을 비집고 들어가 구대훈부터 끊어버릴 생각이었다.

"알겠어요. 그리고 구 상무님께서 건물 매입에 관한 보고서를 주셨어요."

기지회가 서울지역에서 차지하기 시작한 건물에 대해서였다. 그걸 확인한 차준혁은 흐뭇한 미소가 지어질 수밖에 없었다.

"그럼 리모델링부터 들어가죠. 업종도 싹 바꾸고요."

"건물 전부를요?"

깜짝 놀란 신지연은 믿기지 않는지 되물었다.

구정욱이 사들인 건물의 수는 한두 개도 아닌 20채나 되기 때문이다.

1채마다 대략 5~6층 정도로 본다면 평당 견적이 약 400만 원. 크기가 40~50평짜리라면 건물 하나에 적어도 10억이 넘게 들어간다. 그런 건물이 20채이니 약 200억이 들어간다. 거기다 건물은 계속 사들이는 중이었다.

물로 신지연이 그런 계산까지 하기는 힘들었지만 엄청나다는 것만은 알 수 있었다.

"돈은 걱정하지 말아요."

"모이라이에도 운영자금의 한계가 있을 텐데 무리하는 거 아니에요?"

신지연은 비서업무만 보았기에 모이라이의 운용 가능한 현금의 양을 알지 못했다. 물론 대외적으로 드러난 운용자산은 정부나 다른 기업에서도 파악하지 못하고 있었다.

이지후가 만든 페이퍼컴퍼니 시스템으로 완벽하게 감춰져서 절대로 찾을 수 없었다.

"절대 무리가 아니에요. 그리고 이번 참에 서울을 깔끔하게 바꿔보죠."

"서울을요?"

의미심장한 차준혁의 대답에 신지연은 상상조차 하지 못하고 침만 삼켰다.

"그 자식의 시신을 가루로 만들어버렸어야지!"

남송 회장은 이번에도 틀어져버린 결과를 보며 구대훈에게 따졌다.

"죄송합니다. 하지만 흔적은 지워놨으니 문제는 없

을…….”

쾅—!

구대훈의 대답이 끊기며 회장실 문이 열렸다.

얼굴을 내민 것은 박광록과 수사 1팀원들이었다.

“갑자기 들이닥쳐서 죄송합니다만… 구대훈 씨. 당신을 백효승 및 김성광 씨에 대한 살인교사의 용의자로 체포합니다.”

그 뒤로 미란다의 원칙이 읊어졌지만 구대훈의 표정은 아무런 미동도 없었다.

“무슨 증거로 절 체포하시는 겁니까?”

뉴스나 다른 소식으로도 경찰에서 증거를 잡았다는 정보가 전해지지 않았다. 당연히 구대훈의 입장에서는 아무런 문제가 없을 것이라고 생각되었다.

“후우… 하여간 죄를 지은 놈들은 증거를 찾지. 아무튼 우리가 증거도 없이 체포영장을 들고 온 것 같습니까?”

박광록이 눈짓을 보내자 뒤에 서 있던 안대연이 나서서 그의 손목에 수갑을 채웠다.

“일단 경찰서로 가셔서 증거를 보시면 됩니다.”

“나중에 후회하지 마시죠.”

그럼에도 구대훈은 당당하게 말하더니 분노를 참는 중이던 남송을 쳐다봤다.

“회장님. 별일 없을 것이니 아무런 걱정하지 않으셔도 됩니다.”

"믿도록 하지."

눈앞에서 벌어진 상황을 당장 수습하긴 힘들었다.

일단 어떻게 된 것인지 확인부터 한 다음에 방법을 찾아야만 했다. 그렇게 수사 1팀원들은 구대훈을 체포해 경찰청으로 데려갔다.

사무실에 혼자 남게 된 남송은 다른 비서를 급히 불렀다. 호출로 들어온 비서는 벌컥 열렸던 문을 닫으며 그에게 다가섰다.

"말씀하십시오."

"당장 용진로펌에 연락해서 어떻게 된 상황인지 확인해 봐."

"알겠습니다. 바로 움직이겠습니다. 회장님."

경찰청에 도착해 취조실에 앉게 된 구대훈은 덤덤한 표정을 유지했다. 잠시 후 문이 열리더니 박광록이 들어와 맞은편 자리에 앉았다.

"구대훈 씨. 이제 시작해보죠. 당신은 XX월 XX일 피해자 백효승을 살해하라고 지시한 적이 있습니까?"

"없습니다."

바로 부인을 하자 박광록은 그럴 줄 알았다는 듯이 미소를 지어 보였다.

"뭐… 그렇게 말씀하시겠죠."

그와 동시에 테이블 위로 통화기록과 사진이 놓이며 박

광록의 설명은 계속되었다.

"여기 보시면 피해자 백효승에게 걸려온 전화 중에 공중전화가 있습니다. 해당 공중전화를 추적하니 인근 CCTV에 구대훈 씨의 차량이 나오던데요."

"흠… 그건 근처에서 볼일이 있었을 뿐입니다."

정황증거일 뿐이었다. 이에 구대훈은 아무렇지 않게 설명하며 박광록과 눈을 마주쳤다.

너무 당당한 태도에 박광록은 어이가 없었다.

"그렇다면 이동춘이란 남자를 알고 계십니까?"

그 이름에 구대훈은 동공이 흔들리나 싶더니 금세 바로잡았다.

"모릅니다."

"이동춘이란 사람의 이력을 보니 남송그룹 비서실로 되어 있는데요. 비서실장님께서 직원을 모른다고 하시는 겁니까?"

박광록은 그렇게 말하며 구대훈의 반응을 살폈다.

"각 임원들마다 비서가 배정됩니다. 모두 비서실 소속인데 제가 그걸 어떻게 전부 기억합니까?"

"부정하시겠다는 말이군요. 일단 이동춘이란 남자가 백효승을 죽였다는 증거가 나왔습니다."

증거란 백효승에게 건네주었던 가방과 살인에 쓰인 흉기였다. 차준혁이 라이브 레코드로 본 흔적을 추적해 버려진 장소를 찾아내주었다.

물론 박광록에게는 남송그룹의 인원들을 조사한 서류에서 의심스런 정황을 가진 이동춘을 찾아내 수사하라고 요청한 것이다.

당연히 사건일자에 알리바이가 애매해서 흔적을 찾아내는데 어렵지 않았다.

"그럼 이동춘이란 저희 직원이 백효승과 개인적으로 안 좋은 감정이 있었나보죠."

구대훈이 당당한 이유가 있었다. 사건 직후 이동춘에게 백효승의 돈을 넘겨주고 해외에 나가 있으라고 지시했기 때문이다.

그렇게 구대훈은 용의자가 없어서 어떤 것도 입증하기가 불가능할 것이라고 생각했다.

"뭐가 그렇게 자신만만하십니까?"

박광록은 살짝 미소를 지어 보이는 그를 보며 물었다.

"자신만만이라뇨. 전혀 그렇지 않습니다. 저는 그저 결백할 따름입니다."

뻔뻔한 대답에 박광록의 이마에 힘줄이 잡혔다.

"그럼 제가 당사자한테 들은 진술은 모두 거짓인가 보군요."

"뭐, 뭐요……?"

이제야 구대훈의 목소리가 흔들렸다. 지금쯤 해외에 있을 이동춘이 진술을 했다는 말이니 당연했다.

"아! 제가 말씀을 깜박하고 못 드렸군요. 이동춘 씨는 해외로 출국하기 직전에 구속되었습니다. 여기 보시면 진술까지 마쳤죠."

앞으로 이동훈의 진술서가 놓여진다. 그걸 읽기 시작한 구대훈의 표정이 어두워졌다. 물론 피의자에게 진술서를 보여줘선 안 된다. 하지만 박광록은 뻔뻔한 구대훈의 태도 때문에 제대로 엿을 먹이고 싶었다.

똑똑!

그때 노크소리가 들리더니 안대연이 들어왔다.

"팀장님, 구대훈 씨의 변호사가 오셨는데요."

"들어오시라고 해."

대답과 함께 정장 차림의 중년 사내가 들어와 구대훈의 옆으로 섰다.

"로펌 용진에서 나온 정재식이라고 합니다."

"소개는 됐고 어떻게 변호하실지 논의부터 해보시죠. 뭐… 어차피 끝났으니까요."

용진로펌의 정재식 변호사는 그 말을 들으며 고개 숙인 구대훈을 쳐다봤다. 분위기만 봐도 심상치 않았다.

[며칠 전, 화성시에서 시신으로 발견된 마약 전과자 백XX씨를 살인교사한 피의자로 남송그룹의 비서 구XX 씨와 휘하 직원 이XX 씨가 검찰에 입건되었습니다.]

[경찰 측에서는 이번 사건과 비슷한 시기에 사망한 것으로 추정된 남송그룹의 전 회계이사 김XX 씨가 연관되었다고 발표했습니다. 이에 피의자를 기소한 검찰에서는 정확한 수사 결과를 차후에 발표하겠다고 전했습니다]

"대표님께서 말씀하신대로 되었군."

차에서 내려 거리를 걷던 주경수는 전자센터 TV화면에 비춰진 뉴스를 보며 중얼거렸다. 그의 뒤로 보안팀장인 정진우도 같이 있었다.

"슬슬 가시죠."

그 대답과 함께 주경수는 다시 걸음을 옮겼다. 두 사람이 향한 곳은 서울의 종로거리였다. 날은 이미 어두워져서 번화가다운 면모를 보여주었다.

"일단 어디부터 들를까요?"

"나이트부터 가죠. 아마도 거기가 제일 수가 많을 테니까요."

주경수와 정진우의 발걸음은 그대로 종로에서 유명한 나이트클럽을 찾아 들어가려 했다. 그러나 나이트 문지기가 손을 가리며 막아섰다.

"죄송합니다만 동행 분께서는 입장이 힘듭니다."

20대인 주경수와 달리 정진우는 30대 중후반의 나이와 외모였다. 그 탓에 물 관리를 위해 문지기가 막아선 것이다.

"저희는 놀러온 것이 아니라 나이트 사장님을 좀 뵈러 왔

습니다.”

문지기는 미간을 잔뜩 찌푸렸다.

“무슨 용건이시죠?”

“건물주의 대리인입니다. 통보해드릴 일이 있어서 말입니다.”

그에게 건물매매 계약서가 들이밀자 눈동자가 빠르게 움직였다. 물론 부동산 전문용어가 많아 무식한 문지기가 이해하기는 힘들었다.

“잠깐만 기다리시죠.”

문지기는 심상치 않다고 여기고 무전을 넣었다. 그러자 안쪽에서 문지기보다 조금 왜소한 사내가 얼굴을 내밀었다.

“건물주라니, 무슨 말이야?”

“안녕하십니까. 저는 이번에 이 건물은 매입한 분의 대리인입니다. 여기 사장님을 뵐 수 있을까요?”

다시 주경수가 앞으로 나섰다.

사내의 표정이 일그러지더니 주경수가 내민 서류를 확인해보았다. 정식으로 건물을 매입한 서류라 문제는 전혀 없었다.

“따라오시죠.”

그의 안내를 받아 주경수와 정진우가 안으로 들어갔다. 사방에서 시끄러운 음악소리가 쏟아졌다. 안내받아 들어간 곳은 나이트클럽의 안쪽 사무실이었다. 그곳에는 나이트클럽의 사장인 지철수가 앉아 있었다.

"하하하하! 안녕하십니까! 여기 대표를 맡고 있는 지철수라고 합니다."

지철수는 웃으면서 자신을 소개했다. 그가 손짓을 하자 주경수는 소파에 앉았다.

"건물주의 대리인 주경수라고 합니다."

소파 뒤로 정진우가 앉지 않고 섰다. 경호원의 입장으로 온 것이라 주의하기 위해서였다.

"상당히 밝은 성격이시군요."

"그런 말 많이 듣습니다. 그런데 건물주가 바뀌었단 말을 처음 들었습니다."

혹시나 다른 이들이 냄새를 맡지 못하도록 은밀하게 거래하여 건물들을 사들였다. 당연히 나이트클럽 사장인 지철수도 모르게 말이다.

"저희 대표님께서 중요한 기밀사업을 준비 중이라 그렇게 되었습니다."

"호오… 중요한 사업이라, 대표님이란 분이 어떤 분이십니까?"

그 물음과 함께 주경수는 다시 입을 열었다.

"제가 온 이유는 통보를 드릴 뿐이니 궁금해하실 필요 없습니다."

"통보……?"

"현 건물은 앞으로 리모델링을 하게 될 예정입니다. 업종도 변경할 것이니 퇴거 통보를 드리는 바입니다."

건물매매계약서 사본과 함께 퇴거 통지서가 놓여졌다. 그걸 본 지철수의 표정이 더욱 구겨질 수밖에 없었다.

다짜고짜 퇴거 통보를 내린 것이니 기분이 안 좋은 것이 당연했다.

"무슨 말도 안 되는 소리를……."

"알아보니 월세도 3개월이나 납입이 안 되어 있는 상태고, 최근에 전 건물주를 협박하셨더군요."

"하! 협박? 누가 그 따위 소리를 지껄여!"

황당한 통보로 인해 지철수는 말을 마구잡이로 던지며 소리쳤다.

"말도 안 되는 소리가 아니죠. 물론 미리 통보를 해야 하는 것이 맞겠지만 불법점거나 다름없으니 최대한 빨리 나가주시죠."

지철수의 얼굴이 붉으락푸르락해졌다. 틀린 말도 아니지만 당연히 들어줄 수 없었다.

"이 자식이 미쳤구나. 지금 누구 앞이라고 그따위 소리를 지껄여!"

고함소리에 밖에서 대기 중이던 지철수의 부하들이 우르르 들어왔다. 다들 분위기가 심상치 않단 것을 감지했는지 주경수와 정진우의 주변으로 둘러섰다.

"사장님. 무슨 일이십니까?"

방금 전에 두 사람을 안내해줬던 지철수의 오른팔 이경태가 앞으로 나와 물었다.

"이 자식들을 당장 치워버려!"

건물주의 대리인이라는 사실을 들은 탓에 이경태가 바로 움직이지 못했다.

"괘, 괜찮을까요?"

"지금 눈치 보냐? 상관없다고!"

지철수는 두 사람이 주먹 몇 방이면 알아서 길 것이라고 생각했다. 동시에 이경태가 부하들에게 눈짓을 주었다. 부하들은 그걸 보고 사무실에서 끌고 나가기 위해 두 사람의 멱살부터 쥐었다.

"어라? 이거 폭행으로 쳐야 하는 건가요?"

"아직은 아닐 듯싶은데요."

하지만 주경수와 정진우는 겁도 먹지 않고 평온하게 대화를 나눴다.

"이 새끼들이 미쳤나."

주경수의 멱살을 잡고 있던 부하는 황당해하면서 팔에 힘을 줬다. 이에 주경수는 캐비닛 쪽으로 밀쳐지며 머리를 부딪쳤다.

쾅—!

둔탁한 소리가 사무실을 울렸다.

"아오…! 응? 피!"

캐비닛 고리에 머리를 찧은 것인지 뒤통수를 만진 주경수의 손에서 피가 묻어나왔다.

"그건 폭행 맞네요."

이번에도 정진우는 아무렇지 않은 듯이 말했다.

"그럼 우리가 맞서도 정당방위 맞겠죠?"

"아마도요?"

팍! 파팍!

그 순간 주경수와 정진우의 주먹이 멱살을 잡은 이들을 향해 빠르게 휘둘려졌다. 사내들은 격한 신음을 터트림과 동시에 무릎을 꿇으며 바닥으로 쓰러졌다.

"후우~! 답답해서 죽는 줄 알았네."

"뒤통수는 괜찮으세요?"

"조금 찢어진 것 같아요. 그보다 여기부터 정리하고서 다시 말해보죠."

지철수의 부하들은 동료가 어떻게 공격당한 것인지 제대로 보지 못했다. 그 탓에 뒤로 주춤거리기만 하다가 지철수의 목소리를 들었1다.

"지금 뭐 해! 빨리 안 처리해?!"

"아, 알겠습니다!"

사내들은 다시 달려들었다.

이번에 두 사람은 가만히 있지 않고 오히려 그들이 움직이기 전에 발걸음을 옮겼다.

퍼퍽! 퍽! 퍼퍼퍽!

그들이 두 사람의 주변을 에워싸는 것과 동시에 묵직한 타격소리가 이어졌다.

전직 특수부대 출신과 국정원 출신의 무술 실력은 일반

인과 전혀 달랐다. 신속정확하게 급소만 살짝 비껴서 가격하여 티가 나지 않도록 때렸다.

충격은 묵직했기에 사내들은 떨어져나가기 바빴다. 그렇게 하나둘 쓰러지자 지철수와 이경태의 얼굴이 하얗게 질리기 시작했다.

탁—! 탁—!

끝내 두 사람은 10명도 넘는 이들을 쓰러뜨리고선 손바닥을 털었다. 이제 남은 것은 지철수와 이경태 둘 뿐이었다.

"다시 말하지만 이번 주 안으로 퇴거해주세요."

주경수는 물러난 지철수를 보며 테이블 위로 퇴거 통지서를 내려놓았다. 이미 충분히 겁을 주었으니 함부로 덤비기 힘들 것이다.

"그럼 갈까요?"

"그러죠."

두 사람은 겁에 질린 그들의 표정을 보며 뒤로 돌아서더니 밖으로 향했다.

그렇게 통보받은 건물은 한곳만이 아니었다. 기지회가 운영하는 사업체들만 골라서 퇴거 통보로 모조리 들쑤시고 있었다.

기지회의 보스 임백호는 서울에서 전해진 소식을 듣고

안색이 어두워졌다. 전국구 폭력조직 천성파가 무너진 후에 서울을 노리던 다른 조직들을 정리해가며 어렵게 진입한 서울이다.

임백호는 그런 소식을 가져온 자신의 오른팔 김봉원에게 물었다.

“도대체 어떻게 된 거야? 최대한 조용히 기반을 다져놓으라고 얼마 전에 전하지 않았나?”

서울 입성 후에 기지회가 해야 할 일은 뿌리를 박는 것이다. 괜히 어설프게 자리를 잡았다간 뽑혀버려도 이상할 것이 없었다.

“저도 분명히 그렇게 전했습니다. 그래서 따로 알아보니… 녀석들이 설명을 잘못 이해하고 지역을 확장한 것 같습니다.”

“그럼 영업장 유지비는 어떻게 된 거야?”

질문이 이어지자 김봉원은 더욱 난감한 기색으로 입을 열었다.

“건물주를 협박하여 납기일을 무시하고 그 자금도 영업장을 확장하는 데 썼다고 합니다.”

더욱 답답한 대답이 이어지자 임백호는 탄식을 흘렸다. 물론 부하들의 노력이 가상하기는 했다. 거기다 지금처럼 일을 처리한 방식은 부산에서도 통용됐다. 문제가 된 것은 없었기에 그들도 안전하리라 생각하고 진행했던 것이다.

당연히 임백호도 이번과 같은 일이 생길 것이라 예상하

지 못했다. 어떤 건물주가 폭력조직에게 월세를 바로바로 받으려고 하겠는가. 괜히 신경을 건드려서 피를 볼까 몸부터 사리기 바빴다.

"한두 곳도 아니던데, 건물주들이 단체로 미쳐버리기라도 한 거야?"

결국 일은 벌어져버렸다. 이대로 어렵게 집어삼킨 영업장을 포기하고 퇴거를 할 수도 없었다. 당연히 건물주들을 만나 단판을 지어야 했다.

"건물을 새로 매입한 사람들은 여러 명이 아니고 한 곳입니다."

김봉원도 서울을 접수 중이던 지역보스들에게 소식을 전해 듣고 따로 알아보았다. 그 과정에서 누구보다 놀람을 금치 못했다.

"한 곳? 어딘데? 설마 우리를 노리고 건물들을 매입한 것인가?"

"노린 것인지는 모르지만… 매입한 곳은 한 기업이었습니다."

"그러니까 어디냐고!"

임백호는 언성을 높여 그의 대답을 재촉했다.

"모이라이라는 회사입니다."

"그곳이라면 최근 신생기업 중 최고기업으로 떠오르는 곳이 아닌가. 거기서 왜 우리 영업장 건물들을 사들여!"

엄청난 기업으로 떠오르는 모이라이가 뭐가 아쉬워서 건

물들을 사들일까.

그것도 기지회가 영업장을 운영하는 건물들만 말이다.

당연히 임백호도 놀랄 수밖에 없었다. 그러면서 의문이 들기 시작했다.

"저도 거기까지는 알아보지 못했습니다. 그러니 형님께서 주 의원을 한 번 만나보심이 어떨까 합니다."

"주태진을 왜?"

주 의원은 이번에 3선을 한 부산시 국회의원 주태진을 말했다.

"서울 녀석들 말로는 찾아왔던 녀석이 중요한 기밀사업 때문에 건물들을 사들였다고 합니다. 주 의원이라면 정당이나 서울에 인맥도 상당할 테니 확인해주지 않을까 합니다."

국회의원이란 이점이 있기 때문에 기지회는 그런 주태진과 모종의 거래가 자주 오갔다. 그러니 정보를 얻기가 수월할 것이다.

"바로 약속을 잡아봐."

"알겠습니다."

김봉원은 그 뒤로 핸드폰을 꺼내들었다. 통화는 오래 걸리지 않았다.

"1시간 뒤에 매번 만나시던 곳으로 잡았습니다."

"바로 나가면 되겠군."

차준혁은 자신의 사무실에서 부산으로 출장을 갔다 온 지경원과 만났다.

"주태진 의원과 기지회의 보스 임백호가 만나는 중이라고?"

기지회는 부산에서 유명한 야쿠자계열 폭력조직이었다. 당연히 그곳에서는 이름이 알려져 지경원이 추적하는 데 어려움이 없었다.

"감시를 시작하고 얼마 되지 않아 접촉이 있더군요. 일단 지원해주신 요원들을 통해 대화 내용과 사진을 확보할 수 있었습니다."

지경원을 그렇게 말하면서 자료들을 내밀었다. 서류에는 주태진 의원과 임백호의 도청 내용이 옮겨져 적혀 있었다.

"역시 우리의 움직임에 반응했네."

"아마도 주태진이 서울 쪽 국회의원들과 접촉하여 대표님의 계획을 알아볼 듯싶습니다."

"그렇겠지. 뭐 알아도 소용없겠지만 말이야."

차준혁의 자신만만한 목소리에 지경원은 무표정한 얼굴로 되물었다.

"구 상무님을 통해 건물 매입과 퇴거 통보를 하셨다고는 들었습니다. 하지만 그걸로 기지회가 순순히 물러날까요?"

폭력조직은 말보다 폭력이 우선이다. 일단 퇴거 통보를 하러 갔던 보안팀원들이 그들을 기선제압하긴 했지만, 이

후에 어떻게 나올지가 문제였다.

자칫 계획의 핵심인 차준혁을 노릴지도 몰랐다.

"원점타격이란 말, 아냐?"

"시작점을 공격한다는 의미가 아닙니까."

"적들을 혼란스럽게 만들었으면 이제 원점을 공격하면 되지."

천성파가 물러난 자리를 차지하려던 기지회의 서울기반은 이미 흔들리고 있었다. 물론 기지회에서 가만히 있을 리 없었다. 어떤 식으로든 손을 써서 서울기점을 막으려 할 것이 분명했다.

차준혁은 그 사이에 부산을 흔들 생각이었다.

"그럼 저는 어떻게 하면 될까요?"

"기지회는 어떻게든 자금부터 끌어올려 서울의 영업장을 사수할 거야. 그때 너랑 정재원 회장님이 그들이 돈을 끌어다 쓴 곳에 손을 써."

"아……."

그 말처럼 기지회에게 서울입성을 중요한 일이다. 말도 안 되는 이유로 물러날 수도 없기에 수단과 방법을 가리지 않을 것이다.

물론 합법적인 절차도 필요했다. 그러니 월세에 대한 문제부터 해결하기 위해 부산에서 자금을 해 올 것이라 차준혁은 추측했다.

이해가 된 지경원은 자신도 모르게 고개를 끄덕였다.

"무슨 말씀이신지 알겠습니다."

"그리고 주태진 의원이 서울에서 누구랑 접촉하는지도 알아봐. 이참에 모조리 청소해놓을 테니까."

"이미 IIS를 붙여뒀습니다."

차준혁은 그 대답을 들으며 주먹이 쥐어졌다. 미래에 알고 있던 주태진도 결코 좋은 인물이 아니기 때문이다.

주태진은 이후에 4선까지 올라가 대선출마까지 나갔다. 야욕이 넘쳐 국민들의 혈세를 자신의 돈인 것처럼 써댔고, 뻔뻔하게 자신을 지지해준 사람들을 농락하는 것이 일상이었다. 그런 인물이 대한민국을 활보하게 둘 수는 없었다.

"딱히 기다릴 필요도 없으니까 문제가 되는 상황들이 있으면 지후한테 넘겨서 바로바로 터뜨려버려."

"계획은 따로 없습니까?"

일반인도 아니고 3선이나 한 고위정치인이다. 문제가 생겨도 거기서 덮으려하거나 검찰을 통해 무마시킨다. 그래서 지경원이 생각하기에는 더 확실한 방법이 필요할 것이라 느껴졌다.

"어차피 미꾸라지 같은 녀석들이야. 그럼 이미지부터 깎아내리는 편이 나아."

의문만 되었을 뿐이지 불복은 아니다. 지경원은 그런 지시를 받자 더 이상 되묻지 않고 대답했다.

"알겠습니다. 말씀하신 대로 진행하죠."

똑똑!

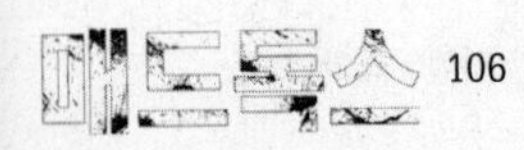

문이 두드려지는 소리가 들렸다. 차준혁이 고개를 돌리자 신지연이 문을 열고서 들어왔다.

"대표님. 시장님께서 찾아오셨습니다."

"저는 이만 일어나보겠습니다."

지경원을 그녀의 말을 들으며 서류들을 챙겨 문 밖으로 나섰다.

잠시 후, 1층에서 올라온 서울시장 오진명이 신지연의 안내를 받아 들어섰다.

"처음 뵙겠습니다. 대표님. 서울시장 오진명이라고 합니다."

"차준혁입니다. 그보다 말씀하시면 제가 찾아뵈었을 것인데요. 어려운 발걸음을 해주셨습니다."

서로 인사를 나누고 소파에 착석했다.

"지난번에 직원을 통해 보내주신 프로젝트 자료를 읽어보았습니다. 너무 획기적이라 감탄을 금치 못하여 이렇게 직접 찾아뵈었습니다."

오진명은 그렇게 말하며 손에 들고 있던 서류를 앞으로 내려놓았다.

Change in Seoul Project

서류의 제목은 오진명의 눈을 더욱 반짝이게 만들었다.

"좋게 봐주셨다니 다행이군요."

"헌데… 정말로 거리 재공사 계획에 대한 비용을 모이라이에서 전적으로 부담하시겠다는 겁니까?"

이것이 서울시장인 오진명이 부리나케 찾아온 이유였다.

아무리 서울이 대한민국의 수도라고 해도 국가예산은 정해져 있다. 어떤 시장이든 자신이 맡게 된 도시를 바꿔 나가고 싶은 마음이 있었다.

하지만 배정된 예산으로는 한계가 존재했다. 그걸 차준혁이 해결해주게 된 것이다.

"이미 해당거리의 중심이 될 만한 건물과 부지는 매입해 둔 상태입니다."

"기동력이 굉장하시군요. 하지만 도시사업일 경우에 다른 건설사들의 반발은 어쩌려고 하십니까?"

시에서 계획한 사업은 건설사들끼리 경합을 벌인다. 거기서 최저예산을 책정한 건설사에서 수주(受注)를 받아 시작힌다.

하지만 이번 일은 모이라이가 독점하여 움직이는 것처럼 보이니 불만이 생길지도 몰랐다.

"그건 걱정하지 않으셔도 됩니다. 저희가 할 일은 건물과 부지 확보만이고, 건설부분은 JW건설과 MR건설이 각 건설사에 적정선의 하청을 줄 것입니다."

"하하하. 그리된다면 불만은 딱히 없겠군요."

건설은 독점이냐 하는 부분에서 큰 이익을 차지한다. 그걸 스스로 내려놓고 협력한다면 불만이 생기지 않을 것이다. 당연히 거기까지 미리 생각한 차준혁은 계획을 착착 진행시키고 있었다.

“헌데… 조금 문제가 생길 것 같습니다.”

“무슨 일로 말입니까?”

살짝 뜸을 들인 대답에 오진명이 깜짝 놀랐다.

“월세가 몇 개월이나 밀려서 퇴거공지를 내린 업주들이 쉽게 나가지 않을 것 같아서요.”

“그 문제라면 골치가 아플 수도 있겠군요.”

일반적인 재개발지역에서도 기존 주민들과 마찰이 생긴다. 이번에는 그것보다 더한 상업 지역이었다.

인구유동도 많고 금전적인 이익도 상당한 곳이기 때문에 월세 문제를 떠나 쉽게 비켜주지 않을 수밖에 없었다.

“하지만 보통 상인들은 적당한 선의 가게 이전 비용을 저희가 지급해주었습니다. 그리고 재개발 후에 우선적으로 자리를 선점할 권리도 보장해주었고요.”

몇 수를 내다본 방법에 오진명의 입에서 다시 감탄사가 흘러나왔다. 한편으로는 의문이 들었다.

지금 말한 방법이라면 문제가 없을 것 같았기 때문이다.

“반발하는 특정 업주들이 있는 겁니까?”

“나름대로 조사를 해보니 기지회라고 부산 쪽에서 올라온 폭력조직들의 영업장인 것 같더군요.”

그 대답과 함께 오진명의 미간이 구겨졌다. 물론 그도 폭력조직이라면 살짝 겁이 났다.

하지만 이번 모이라이의 거리 재개발 사업은 오진명이 서울시장으로 취임하기 전부터 언제나 염원하던 꿈이나 마찬가지였다. 당연히 폭력조직이 방해하게 놔두고 싶지 않아 했다.

"그 문제라면 경찰들을 동원하기로 하죠."

"시장님이 직접 나서주실 겁니까?"

"이만큼 차준혁 대표님께서 해주셨으니, 이번 일은 당연히 제가 나서야지요."

강단이 느껴지는 그의 말투에 차준혁은 흐뭇한 표정을 지어 보였다.

"감사합니다. 이렇게 도움을 받게 되는군요."

"당연히 해야 할 일이지요. 아무튼 그 문제에 관해서는 서울시 사업으로 명명하여 진행하도록 하겠습니다."

목적을 이루겠다는 오진명은 절대 흔들리지 않겠다는 얼굴이었다. 누가 봐도 믿음직스러워 보였기에 차준혁은 의심치 않았다.

미래에서 노진현 대통령과 마찬가지로 누구보다 청렴하며 대한민국을 생각한 정치인 중 한 사람이기 때문이다.

때 아닌 파리가 꼬일 때

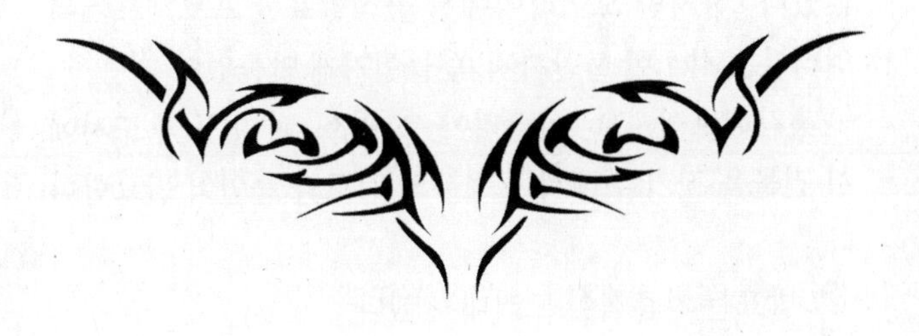

[모이라이는 이번에 서울시와 거리 재개발 공동프로젝트를 발표했습니다. 오진명 서울시장의 남은 임기 기간까지 서울의 특정거리와 건물들을 리모델링하여 보다 아름다운 서울을 만들겠다고 전했습니다.]

[이번 서울프로젝트는 MR건설과 JW건설이 주축이 되어 각 시공사에 하청이 진행되는 방식이라 합니다.]

[특히 각 건설사들 간에 수주경합다툼도 생기지 않아 의례적인 도시프로젝트가 될 것이라 예상됩니다.]

뉴스는 또다시 사람들을 열광시켰다.

물론 번화가를 새롭게 재개발하는 것이라 이러저런 말도 많았다. 하지만 모이라이에서 공식발표한 프로젝트계획 인터뷰는 사소한 불만까지 쏙 들어가게 만들었다.

“생각해보십시오. 이탈리아, 그리스, 파리 등의 도시에서 건물을 짓기 위해서는 정부의 검토와 승인이 필요합니다.”

그 발표는 차준혁이 드러내서 했다.

커다란 설명이 이어지자 기자들과 관심을 가진 국민들이 수많은 자리를 꽉 채우고 있었다.

“도시의 검토란 도시의 문화와 아름다움을 해치냐는 것을 전제로 두고 있습니다. 하지만 우리나라는 어떻습니까? 삭막한 건물들 사이로 역사를 자랑하는 문화재들이 듬성듬성 놓여 있을 뿐입니다.”

자문자답이 이어지자 사람들의 고개가 끄덕여진다. 누가 들어도 이해하기 쉬운 설명이기에 납득할 수밖에 없기 때문이다.

“물론 불편도 겪게 되실 겁니다. 당연하죠. 자신들이 놀던 곳에 공사가 시작되면 어디서 모일지 고민부터 되실 겁니다. 그리고 고민은 불만으로 바뀌겠죠.”

이번 설명에도 사람들의 고개가 끄덕였고, 차준혁은 멈추지 않았다.

“한 가지를 예로 들어보죠. 사람들은 누구나 이사를 다닙니다. 이사를 하면 처음에는 불편을 겪게 되죠. 근처에

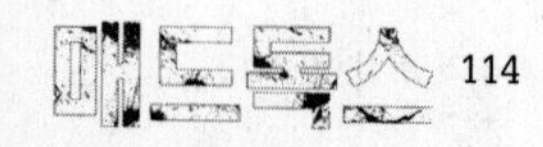

서 가깝고 싼 슈퍼나 마트는 어디지? 놀러 다닐 곳은 많나? 도로가 가까워서 시끄럽네?"

누구나 한 번쯤은 겪어본 고민이기 때문에 이해가기 쉬었다.

"하지만 그 불편도 잠시뿐입니다. 절대로 실망시켜드리지 않을 것이라고 생각합니다. 물론 모든 투자는 모이라이에서 하니 국민께서는 걱정하지 않으셔도 되겠죠."

"하하하하하—!"

약간 우스갯소리로 차준혁이 농담을 던지자 기자들이나 관객들이 웃음을 터뜨렸다. 무거워졌던 분위기는 그 덕분에 가벼워지며 설명을 결말로 이끌어 나갈 수 있게 도와줬다.

"여러분은 기다렸다가 즐기시기만 하세요. 이제 우리나라는 그렇게 바뀌어 나갈 겁니다. 그리고 서울과 모이라이가 앞장서서 바꿔나갈 것입니다!"

"와아아아아아—!"

모든 이들의 입에서 환호성이 터져 나왔다. 자신들이 할 것이라고는 기다리는 것뿐인데 누가 싫어할까. 그 부분을 정확히 노린 차준혁의 발표는 사람들을 납득시킬 수 있었다.

방송은 일파만파 퍼져나가기 시작했다. 모이라이의 도시 재개발 사업은 그렇게 국내에서 로드페이스 사업 이후로 찬사를 받게 되었다.

발표를 마친 차준혁은 인사하고 단상에서 내려왔다. 밑에서 신지연이 생수를 1병 들고 기다리는 중이었다.

"고마워요."

"정말 고생하셨어요."

물을 한 모금 마신 차준혁은 조명 빛에 흘린 땀을 소매로 닦아냈다.

"해야 할 일이었는걸요."

"에이… 셔츠소매로 땀을 닦으시면 어떻게 해요."

그 모습에 신지연이 투덜거리며 손수건을 꺼내 대신 닦아주었다. 누가 봐도 정다운 광경이기에 주변을 지나던 스텝들도 그걸 보고 흐뭇해졌다.

"오늘 스케줄은 이것뿐이던가요?"

"맞아요. 이걸로 끝이에요."

수첩을 확인한 신지연이 대답하자 차준혁의 입에서 안도의 한숨이 흘러나왔다.

설명회 이전에는 서울시장 오진명과 만나고, MR건설과도 미팅이 있었기 때문이다. 전문적이 이야기들이 오가는 대화가 많아 스트레스가 많을 수밖에 없었다.

"그럼 오늘은 일찍 퇴근하도록 하죠."

"어머니께 연락드려 놓을게요."

신지연은 너무 자연스럽게 핸드폰을 눌렀다. 그 모습에 차준혁의 고개가 갸웃거렸다.

"…저희 어머니랑 따로 연락도 주고받아요?"

"당연하죠. 준혁 씨가 워낙 연락을 안 하잖아요. 그러니 저한테 밥은 잘 먹는지, 몸이 아픈 데는 없는지 물어보세요."

대답을 마친 신지연은 통화버튼을 눌러 차준혁의 어머니와 대화를 나누기 시작했다.

"내가 또 정신이 없어서 신경을 못 쓴 건가."

평소에 집에 들어가면 자정이 훌쩍 넘었다. 당연히 가족들은 잠들어 있을 시간이니, 아침에나 잠깐 얼굴을 볼 수 있었다.

그렇게 중얼거린 차준혁은 통화 중인 신지연을 쳐다봤다.

"어머님! 오늘은 준혁 씨가 일찍 들어갈 것 같아요."

—그러니? 저녁은 아직이지? 너도 같이 와서 먹으렴.

"그래도 돼요?

너무 자연스러운 대화였다. 한두 번 통화한 것처럼 보이지는 않았다. 신지연은 대략 통화를 마친 후에 차준혁에게 말했다.

"어머님이 저녁 차려놓으신다네요. 저도 같이 먹으러 오래요. 괜찮죠?"

통화로 어머니의 허락까지 받아놓고 차준혁에게 묻는 것이다.

"당연하죠. 그럼 갈까요?"

둘은 그대로 강당을 나섰다. 밖에는 또다시 차준혁을 보기 위해 기다리던 사람들로 가득했다.

"차준혁! 차준혁!"

"두 분은 언제 결혼하세요!"

"빨리 결혼하셨으면 좋겠어요!"

그사이로 차준혁과 신지연의 결혼을 응원하는 메시지도 들렸다. 환호성이 이어지며 기자들의 카메라 플래시가 쉴 새 없이 터져댔다.

그 때문에 차준혁은 대기 중이던 보안팀의 경호를 받으며 차량으로 올라탈 수 있었다.

"이거 전보다 더욱 난리인 것 같아요."

차준혁과 같이 차에 올라탄 신지연은 크게 한숨을 내쉬면서 헝클어진 머리를 정리했다.

"저도 여파가 이 정도일 줄은 몰랐네요."

서울거리 재개발사업은 본래 기지회가 설 자리를 없애버리기 위한 계획 중에 하나일 뿐이다. 원래 목적은 따로 있는데 부수적인 계획만으로 국민들의 적극적인 지지를 받았다.

"지금 준혁 씨는 젊은 사람들 사이에서 제일 유명해요. 함부로 거리에 나갔다간 순식간에 둘러싸일걸요."

"에이… 설마 그러겠어요."

차준혁은 스스로를 그 정도라고 생각하지는 않았다. 그리고 유명연예인에게나 가능한 일이라고 생각했다.

"궁금하시면 나중에 혼자서 나가보세요."

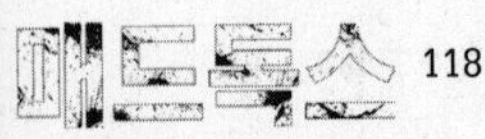

모이라이의 일로 차준혁은 혼자 돌아다닐 일이 없었다. 언제나 신지연과 같이 차량으로 이동하기도 바빴으니 말이다. 하지만 지금 차량을 둘러싼 인파를 보니 거짓말이 아닐 거라 느껴질 수밖에 없었다.

OO

서울시장 오진명은 차준혁과의 미팅을 마치고 갑작스런 호출을 받았다. 그렇게 도착한 곳은 서울 외곽에 위치한 고급 한식집이었다.

"저를 웬일로 보자고 하셨습니까?"

먼저 자리에 앉아 있던 이는 한민국당의 변종권 의원이다. 그는 서울시에서 4선 이상 당선된 국회의원으로 정치계에 내로라하는 인물이었다. 변종권은 앞에 선 오진명을 보며 앉으라고 손짓했다.

"어려운 발걸음을 해주셔서 감사합니다."

맞은편에 착석하자 변종권이 입을 열었다.

"다름이 아니라 이번 서울시에서 진행하는 사업에 대해 이야기를 나눠볼까 해서 말이오."

그가 꺼낸 화제에 오진명은 미간이 씰룩거렸다. 자신의 목적에 숟가락을 얹으려는 의도가 엿보였다.

"무슨 말씀을 하시려는 겁니까?"

"나름대로 건설사 하청까지 무난하게 준비한 것 같던데

말입니다. 진행이 너무나 깔끔하니 의문이 드는군요."
뭔가 책잡을 만한 부분을 찾는 말투였다.
당연히 오진명으로서는 기분이 좋을 수가 없었다.
"제가 모이라이 측에서 뒷돈이라도 받았다는 말씀 같군요."
"그런 말이 아닙니다. 저는 그저 도와드릴 일이 없나 해서 말이죠. 아무리 서울시청과 모이라이가 협력하는 사업이라지만 시의원들의 힘도 필요하지 않겠습니까."
그저 지정된 번화가 거리를 재개발하는 건설계획이었다. 건물이나 부지는 모이라이에서 매입해놓았기에 문제가 될 만한 사항도 없었다. 애초부터 시의원들의 도움은 필요하지 않았다.
"이미 재개발 기반은 갖춰놓은 상태입니다."
"하지만 몇몇 건물에서 퇴거조치를 받고 버티는 이들이 있다고 들었습니다만……."
여기서 틈을 보이면 의원들이 비집고 들어올 것이다. 그 때문에 오진명은 대화의 맥을 끊기 위해 그들의 물음마다 벽을 쳐서 대답했다.
"불법점거일 뿐입니다. 경찰 측에 협조를 요청하여 해결할 예정이니 걱정하지 않으셔도 됩니다."
앞에 놓인 음식들은 그런 대화들이 오가는 사이 식고 있었다. 반면에 세 의원들의 분위기는 열기가 오르는 중이었다.

커다란 사업에는 당연히 엄청난 자금이 들어가는 것이 당연했다. 특히 건설 쪽이라면 하청과 건설자재라는 명목으로 다양한 자금이 운용된다.

모든 자금이 투명하게 운영되는 것도 아니었다. 인건비, 자재비, 건축비 등등. 조금만 운용비 사용내역이 애매하면 살짝만 곁다리를 걸쳐도 떨어지는 콩고물이 상당할 수밖에 없었다.

"그럼 쓰겠습니까. 저희도 나름대로 알아보니 일단은 정식으로 입주한 이들이지 않나요. 괜히 분란을 만들면 시끄럽기만 할 겁니다."

"어째 변 의원님께서는 해결방법을 아시는 것처럼 말씀하시는군요."

변종원의 말투가 그러했다. 오진명은 의미심장한 그의 대답을 듣고서 잠시 생각에 잠겼다.

'이번 일에 대한 해결책을 던져주고 뭐라도 얻어먹겠다는 심산이로군.'

처음부터 그들이 보인 태도였기에 예측하기는 어렵지 않았다.

"생각이 있다면 말씀해주시면 됩니다. 그럼 저희 힘을 적극적으로 보태드리죠."

그 말을 끝으로 오진명은 자리에서 일어났다.

대답은 딱히 없었다. 그가 나가자 자리에 남아 있던 세 의원은 앞에 놓인 술잔을 들어올렸다.

"역시 쓸데없이 깐깐한 인물이로군. 어찌 보면 노 대통령이랑 판박이야. 이번 일은 어쩔 수 없지만 굳이 같이 움직이고 싶지는 않겠어."

변종권이 중얼거리는 사이 누군가 미닫이문을 두드렸다. 또 다른 방문객이 있던 것이다. 미리 알고 있기에 동요하지 않고서 문을 쳐다봤다.

드르륵—!

문이 열리며 얼굴을 내민 것은 부산시의원 주태진이었다. 그는 안으로 들어가더니 방금 전 오진명이 앉았던 자리에 착석했다.

"오 시장에게는 잘 말해보셨습니까?"

"여간내기가 아니더군요. 그런데 주 의원이 정말 해결할 수 있는 겁니까?"

지금의 자리를 마련한 사람은 바로 주태진이었다. 부산 폭력조직 기지회의 청탁을 받아 서울로 올라왔고, 이번에 벌어진 도시거리 재개발 사업을 확인하게 되었다.

당연히 자신이 청탁받은 일과 연관을 시킬 수 있었다. 그리고 상당한 이득을 취할 방법을 떠올렸다.

"이번에 서울뒷골목을 차지한 깡패 놈들은 제 지역구 녀석들입니다. 일만 잘 성사되고 잠시 동안만 물러나라 하면 문제가 없을 겁니다."

그 대답에 변종권은 찜찜한 표정으로 입을 열었다.

"허나 깡패 놈들이 서울뒷골목을 집어삼키려 올라온 것

일 텐데 쉽게 물러나겠습니까?"

무식하면 용감하다고 했다. 반대로 말하면 무식만큼 대화가 안 먹히는 상대도 없다.

아무리 뒤를 봐주는 관계라도 조폭들이 목적을 물리면 물러나기는 힘들지도 몰랐다.

"그건 제가 알아서 할 테니 걱정하지 않으셔도 됩니다. 일단은 오진명 시장이 변 의원님의 말을 따라주느냐가 중요하겠죠."

주태진은 최종적으로 모이라이를 통해 변종권 의원의 눈에 들기 위해서 이번 일을 꾸몄다.

현재 주태진은 소수당인 녹색정의당의 일원이었다. 차기 대권주자 김태선이 속해 있는 한민국당으로 옮길 수만 있다면 4선 때는 서울로 입성할 수 있었다.

의원으로의 경력도 충분하니 서울에서 입지만 잘 다지면 향후 대권까지 노릴 수 있을지도 몰랐다.

"우리야 손해 볼 것은 없으니. 아무튼 주 의원 말대로 기다려보지요."

"감사합니다. 절대로 실망시켜드리지 않을 겁니다."

—…실망시켜드리지 않을 겁니다.

삑—!

차준혁은 주태진과 변종권이 만난 상황의 녹음파일을 들었다. 미행을 맡은 IIS요원들이 따라다니면서 잡아낸 흔적이었다.

"오진명 시장님이 한민국당 변종권을 만났고, 그걸 뒤에서 주태진이 주선했다는 말이네요."

IIS요원들은 미행을 하던 중에 오진명 서울시장이 같은 가게로 들어가는 것을 보고 움직였다. 그 덕분에 예상 밖의 수확이 있었다.

"상황만 보면 그런 것 같아요."

녹음을 같이 듣고 있던 신지연도 고개를 끄덕였다.

"주태진은 서울 입성을 위해 변종권에게 모이라이 거리 재개발사업이라는 패를 내보였겠죠."

지방의원들은 대체로 서울로 들어오는데 목을 맨다. 이미 서울은 대표 정당들이 표밭으로 꾸려놓은 상태이다. 물론 지방으로도 그 영향은 구축되어 있었다.

하지만 소수정당에 들어 굳히기를 해버린 의원이라면 서울로 올라가기가 힘들었다. 부산시의원 주태진이 바로 그런 입장이었다.

'하지만 결국 4선조차도 되지 못했지.'

미래에서도 주태진은 서울입성을 노렸다. 그러나 지역구를 한민국당에게 빼앗기면서 모든 것이 수포로 돌아갔었다.

다만 모이라이의 창설로 미래가 바뀌고 있기에 이번에도

같을 것이란 보장이 없었다.

"우리에게 뭘 얻어내려고요?"

"정치자금이겠죠. 아무리 써도 정치인들에게 부족한 것은 돈이니까요."

"하지만 우리가 지원해줄 리가 없잖아요."

모이라이는 정계와의 관계를 암묵적으로 금지했다. 세상에서 제일 믿지 못할 족속이고, 믿어도 결국 자신에게 불리하면 언제든 배신하기 때문이다.

"주태진과 뒷거래 중인 기지회를 통해서 거리 재개발사업 진행을 빌미로 잡겠죠."

너무 쉽게 보이는 수였기에 차준혁은 황당할 정도였다. 이 상태에서 서울의 기지회만 깔끔하게 처리하면 주태진은 스스로 무너지게 된다.

"그럼 큰일 아닌가요? 불법 점거하는 기간이 길어질수록 우리 계획만 늦어지잖아요."

딜레이가 걸리는 것만 문제가 아니었다. 이번 일은 차준혁이 직접 나서서 사람들까지 설득했다. 그런데 조폭이 연관되어 공사가 지체된다면 이미지에 타격을 입을지도 몰랐다.

"걱정 마세요. 그들은 오래 버티지 못할 테니까요."

"어떻게요?"

기지회는 모이라이의 황당한 건물 매입으로 순식간에 설자리를 잃게 되었으니 버티는 수밖에 없었다.

신지연이 생각하기에는 그들이 쉽게 나가지 않을 것 같았다.

"일단 월세납입으로 퇴거기간에 3개월이 걸렸죠. 하지만 기지회의 부산 본진에서는 그 때문에 상당한 자금을 끌어다 썼을 거예요."

모이라이는 그런 기지회가 세를 들어가 있는 건물들을 모조리 사들였다. 도시 거리 재개발사업이란 명목까지 걸어버렸으니 3개월 뒤에는 끝이었다.

결국 그 기간 안에 주태진은 모이라이와 변종권을 연결시켜줘야만 했다.

"기지회가 그 때까지 버텨버리면 공사에 차질이 생길 수밖에 없잖아요."

신지연의 말대로 서울에서는 다른 방법이 없었다.

그러나 차준혁이 노리는 방향은 그쪽이 아니었다.

"식상하지만 썼던 방법을 또 쓰면 되죠. 규모가 커지겠지만 나쁘지 않을 것 같네요."

"예?"

차준혁의 대답에 신지연의 고개가 갸웃거렸다.

삐리리리리—!

그때 1층 데스크에서 내선전화가 오자 신지연이 대신 받았다.

"말씀하세요."

—오진명 시장님께서 방문하셨습니다. 약속은 안 잡으

셨다고 하는데 어떻게 할까요?

스피커폰이기에 차준혁도 그 목소리를 들을 수 있었다. 그래서 신지연이 대답을 바라는 듯이 그를 조용히 쳐다봤다.

"볼 수 있다고 해주세요."

"대표님 사무실로 안내해주세요."

—알겠습니다.

신지연이 말을 전하자 데스크 직원이 대답하며 연결을 끊었다. 잠시 후에 사무실 문이 열리며 오진명 시장이 들어섰다. 동시에 신지연은 그에게 고개를 살짝 숙이고 밖으로 나갔다.

"갑자기 찾아뵈어서 죄송합니다."

"아닙니다. 그런데 무슨 일로 오셨습니까?"

방금 전까지 그가 변종권과 나눈 대화를 듣고 있었다. 너무 절묘한 타이밍에 차준혁은 속으로 살짝 놀라는 중이었다.

"사실은……."

오진명은 잠시 동안 뜸들이다가 조심스럽게 입술을 떼었다.

"오늘 낮에 한민국당 변종권 의원을 만났습니다."

"변종권 의원을요?"

차준혁은 이유를 알고 있었지만 일단은 모르는 척 대했다.

"그분이 말하길 서울 거리 재개발사업에 생긴 문제를 해결해주겠다고 하시더군요."

"조폭들의 건물 점거 말이군요. 조금 골치가 아픈 문제이긴 한데. 그걸 어떻게 해결해준다고 한 겁니까?"

미간을 찌푸린 차준혁의 대답에 오진명은 어떻게 설명해야 할지 난감했다.

"저도 자세한 사항은 듣지 못했습니다."

"흠… 해결해줄 수 있다면 좋겠지만. 변종권 의원이 저에게 원하는 바도 있겠죠?"

"아마도 그럴 듯싶습니다."

오진명도 정치인이다. 당연히 변종권이 뭘 노리고 차준혁에게 접근하려는지 뻔히 알 수 있었다. 다만 자신의 꿈을 이뤄주려는 차준혁을 좋지 못한 일에 연루시킬 것만 같아 갈등이 되었다.

"그 손을 잡고 싶으십니까? 솔직히 오 시장님도 임기가 끝나면 의원으로 나설 것이지 않습니까."

다른 누구도 아니고 정치권 대세 한민국당 변종권과의 연줄이다. 주태진도 그 줄을 잡고 싶어서 부산 지역구와 기지회를 버릴 결심까지 할 정도였다.

어떤 유혹보다 달콤할 수밖에 없었다.

"솔직히 혹하기도 했습니다."

당연히 오진명에게도 정치권에 있는 이상 탐나는 손길이었다.

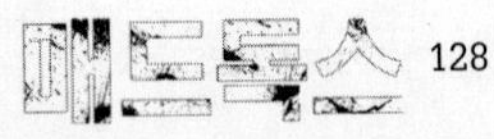

"그래도 시장이 되기로 결심했던 마음이 먼저입니다. 차준혁 대표님은 변 의원의 도움을 받으실 겁니까?"

"하하하하하!"

갑자기 차준혁이 웃기 시작하자 오진명은 고개를 갸웃거리며 쳐다봤다.

"왜, 왜 그러십니까?"

"제가 사람을 잘못 보지는 않아서 말입니다. 아무튼 그 일은 걱정하지 않으셔도 됩니다."

더욱 의미 모를 대답으로 오진명의 고개가 갸웃거리기 바빴다.

"무슨 말씀이신지……."

"지지하고 싶은 사람이 따로 있다면 모를까. 모이라이는 절대로 정치권에 개입하지 않을 겁니다. 특히 한민국당과는 절대로요."

단도직입적인 대답에 오진명은 깜짝 놀란 표정을 지었다. 물론 선택은 그의 권한이지만 정치인의 제안을 함부로 거절하기는 힘들었다.

"그래도 괜찮으시겠습니까? 자칫 모이라이에 불이익이 생길지도 모릅니다."

대한민국을 실질적으로 움직이는 정치인. 그들의 눈 밖에 났다가는 권력남용으로 귀찮을 일만 생길 수 있었다.

"미리 말씀을 못 드렸지만 이번 사업은 서울에서만 그치지 않을 겁니다."

"예……?"

"부탁이 있습니다. 인천, 부산, 목포시장님들과 만남을 주선해주실 수 있을까요?"

오진명은 무슨 의미인지 감을 잡았다. 그러나 정말 가능한 일인지 상상조차 되지 않아했다.

"가능합니다만, 설마……?"

약 한 달 정도가 지났다.

국민들은 뉴스에 다시 집중할 수밖에 없었다.

[모이라이에서는 서울과 더불어 인천과 부산, 목포와의 도시 거리 재개발사업에 대해 동시진행을 발표했습니다. 이는 대한민국 역사상 최고의 신진거리개선사업으로 꼽힐 것이라 예상됩니다.]

[차준혁 대표는 이번에도 대한민국과 도시의 특성을 최대한으로 살린 모티브로 거리를 재개발할 것이라고 직접 성명발표를 했습니다.]

기지회 보스 임백호는 자신의 사무실에서 마주한 주태진에게 버럭버럭 소리를 질렀다.

"주 의원! 어떻게든 해결해준다고 하더니 도대체 이게

뭡니까!"

이번에 모이라이는 서울만 아니라 인천, 부산, 목포까지 재개발사업을 확장했다.

물론 해당거리에 주축이 되는 건물들을 모조리 사들여 차질이 없도록 만들었다. 거기다 그 건물들은 현지 조폭들의 영업장이었다. 기지회의 부산 영업장들도 거기에 포함되어 있었다.

"나도 난감하기는 마찬가지입니다. 모이라이에서 이렇게까지 사업을 키울 줄 누가 알겠습니까."

답답하기는 주태진도 마찬가지였다. 대체 어떤 기업이 따로 투자도 받지 않고서 자체적으로 이런 대규모 사업을 벌일까. 당연히 예상조차 할 수 없었다.

그로 인해 주태진은 모이라이와 한민국당 변종권을 연결시켜 주지도 못했다.

"당장 조직의 수입이 반 토막 났단 말입니다."

"그래도 남아 있는 영업장들이 있지 않습니까. 오히려 저야말로 난감하단 것을 모르겠습니까?"

서울입성이 좌초되어 버린 주태진은 지금까지 자신의 뒤에서 받쳐준 기지회조차 신경 쓰고 싶지 않았다.

"일단은 그걸로 버텨보겠지만 원래 이익만큼 되돌리기 전까지는 주 의원님에 대한 지원이 힘들 겁니다."

"그건……."

주태진은 서울 입성이 불가능해진 상황에서 본래 지역구

를 유지해야 했다. 물론 그것도 자금이 있어야 당원들의 마음을 붙잡아둘 수 있었다.

그런 기지회의 자금지원이 끊긴다면 다음 선거 때까지 표밭을 유지하기가 힘들었다. 임백호는 굳어진 그의 얼굴을 보며 비릿한 미소를 지어 보였다.

"훗! 천하의 주 의원님께서도 돈 앞에는 장사 없군요. 그러니 알아서 잘 해주시길 바랍니다."

검은 돈을 쓴 대가나 다름없었다. 물론 주태진도 그걸 각오하고 임백호와 손을 잡았다. 솔직하게 이번 서울 입성으로 그 관계를 청산하려 했지만, 모이라이의 예상 밖의 움직임으로 무산되고만 것이다.

"나한테 임 사장만 있는 줄 아십니까?"

"물론 부산에서 잘 나가시는 주 의원님에게 저희만 있을 리가 없겠죠."

주태진의 아내는 부산기업순위 5위 안에 들어가는 미더스물산 오평진 회장의 외동딸 오진서였다.

당연히 금전적인 부분에서 부족할리 없지만, 기업의 자금을 정치에 쓰려면 복잡한 절차가 필요했다. 그래서 주태진은 임백호와 손을 잡아 재선부터 3선까지 이룰 수 있었다.

"쓸데없는 소리는 거기까지만 하시죠."

"하하하! 모 국회의원이 부인에게 잡혀 산다는 소문이 있던데 정말인가 보군요."

꽈악—!

심기를 건드리는 농담에 주태진의 주먹이 쥐어졌다. 하지만 궁지에 몰린 상황에서 임백호의 말에 거칠게 반박하지는 못했다.

"그보다 기지회에서는 모이라이를 이대로 지켜만 볼 겁니까?"

주태진과 마찬가지로 기지회도 서울 입성을 방해받았다. 부산구역도 거리 재개발사업으로 궁지에 몰려 다른 조직들이 넘보기 시작했다.

그 탓에 임백호는 다른 조직을 견제하기 위해서 서울로 보냈던 조직원들을 다시 불러들였다. 바로 차준혁의 노림수가 그것이다.

"절대로 가만히 둘 수는 없죠. 일단 기회를 엿보고 있으니 그건 걱정하지 않으셔도 됩니다."

임백호는 차준혁에 대한 원한이 깊어졌다. 다만 지금의 사업이 자신들을 노린 것이라고 생각하지는 않았다. 그저 자신의 행보를 방해한 대가를 치르게 만들 생각뿐이었다.

"기대하도록 하죠."

주태진도 그런 차준혁이 뜻대로 움직여주지 않아 골치가 아팠다. 그래서 임백호의 말을 들으며 제대로 보복할 수 있길 기대하고 있었다.

차준혁은 구정욱 및 지경원과 사무실에 마주 앉아 있었다. 이번 도시거리 재개발 사업에 대해 논의하는 중이었다.

"도시마다 약 250억씩 책정하면 적정선으로 될 것 같습니다."

예산을 계산해온 지경원이 서류를 보고 있었다. 구정욱도 날카로운 시선으로 예산서류를 확인했다.

상당한 자금이 들어가는 사업이다 보니 꼼꼼함이 필요할 수밖에 없었다.

"도시마다 하청건설사도 정해졌으니 따로 문제는 없을 것 같군."

"그래도 혹시 모르니 비상자금도 운용할 수 있도록 준비해놔야죠."

차준혁은 지금의 자금만으로 부족함을 느꼈다. 재개발 사업에는 변수가 많기 때문이다. 특히 자금이 제대로 유용되지 못해서 공사가 중단되거나 인력공급에 차질이 생길 수도 있었다.

"그건 이지후 팀장님이 운영하는 페이퍼컴퍼니를 통해 투자형식으로 준비해놓겠습니다."

모이라이의 순수자금으로 진행되는 사업이지만 1,000억이 넘는 금액을 있는 그대로 끌어오긴 힘들었다. 당연히 페이퍼컴퍼니로 빼놓은 자금으로 준비해놓는 수밖에 없었다.
다다다다닥!
그때 밖에서 급한 걸음소리가 들리더니 문이 열렸다. 구정욱의 전담비서인 주경수가 잔뜩 긴장한 얼굴을 내밀었다.
"부산의 기지회에서 대표님을 노린다고 연락이 왔습니다."
IIS요원들과의 연락은 주경수가 전담했다. 그래서 소식을 듣자마자 바로 전달해주기 위해 달려온 것이다. 다들 그 말을 듣고 표정이 굳어질 수밖에 없었다.
"기지회에서 차 대표를 말인가?"
구정욱이 확인을 하자 주경수는 숨을 고르며 다시 입을 열었다.
"주태진과 만나 이야기를 하는 중에 나온 말입니다. 정확한 장소와 일시는 모르겠지만 조심하셔야 할 듯싶습니다."
차준혁은 모이라이의 핵심이다. 당연히 모든 이들에게 제일 우선적으로 보호해야 할 사람이었다. 그 때문에 조용히 생각하던 지경원도 심상치 않다고 여기며 말을 덧붙였다.
"조폭들이 노리는 것이라면 만만치 않겠군요. 경호체계부터 재정비를 해야겠습니다."
"맞네. 철저하게 준비할 필요가 있겠어."

하지만 차준혁은 그들의 생각과 달랐다.

“굳이 그럴 필요는 없습니다.”

다들 그 대답을 들으며 깜짝 놀란 표정을 지었다.

“주경수가 한 말을 못 들은 겐가? 지금 노려진 사람이 바로 자네란 말일세.”

구정욱의 되물음에 차준혁은 별거 아니라는 듯이 말하기 시작했다.

“오히려 그쪽에서 노려주면 잘된 일이죠.”

일단 기지회가 운영하는 영업장의 건물들을 모조리 사들여 고립시킨 상태였다. 그러나 폭력조직이 그런 상황만으로 무너지기는 어려웠다.

뒤로 불법적인 사업들을 운영 중일 테니 이익의 일부분만 봉쇄했을 뿐이었다. 확실하게 무너뜨리려면 그들의 죄를 표면으로 드러나도록 만들어야 했다.

“설마 스스로 미끼가 되어 함정이라도 팔 생각인가?”

주경수의 보고대로라면 기지회에서는 어떤 식으로든 차준혁을 노릴 것이다. 거기다 조폭들이니 물불 가리지 않았다. 자신들에게 유리한 상황이라면 언제 어디서든 차준혁을 노릴 것이 분명했다.

“이참에 부산으로 현장시찰이나 한 번 가죠.”

“그건 안 될 말일세!”

“맞습니다. 아무리 함정을 파놓는다고 해도 부산은 기지회의 지역입니다. 그곳에서는 보안팀이 사방으로 경호를 맡아도 위험합니다."

지경원도 구정욱처럼 차준혁의 결정을 반대하며 언성이 높아졌다.

"난 괜찮습니다. 일단 경수는 정진우 팀장님과 같이 가족들과 지연 씨의 경호만 최우선적으로 배치해줘."

"대표님!"

기지회에서 차준혁만 노린다는 보장이 없었다. 주먹으로 부산을 집어삼킨 녀석들이니 인질을 잡아도 이상하지 않았다. 차준혁은 오히려 그런 부분이 더 걱정되었다.

"정말 오랜만에 보는군."

JW물산의 정재원 회장은 자신의 회사로 찾아온 차준혁과 악수를 나눴다.

"법원 이후로 처음 뵙게 되네요."

정재원 회장은 차준혁이 맡았던 강간살인사건 피해자 정미나의 아버지였다. 그의 뒤로 정미나를 사랑했던 비서인 김철수도 같이 서 있었다.

"그때는 감사하다는 말도 미처 못 드렸습니다."

당시 김철수는 범인이었던 이용성에게 복수하기 위해 법원 앞에서 기다리고 있었다. 그걸 차준혁이 막아주었기에 지금처럼 말하는 것이다.

"별일 아니었는걸요."

"아무튼 자네 덕분에 그 자식은 여전히 교도소에 처박혀 있지."

그때 범인이었던 이용성은 18년 형을 선고받았다.

거기다 차준혁이 모이라이를 이용해 그가 물려받을 진용유통까지 무너뜨렸다. 지금은 흔적도 없이 사라져서 이용성이 남은 형기를 다 마쳐도 바닥인생만 남게 된다.

"죄를 지은 것이 많으니까요."

둘은 그렇게 인사를 마치고 자리에 앉았다.

"이번에 모이라이에서 진행한 사업 덕분에 우리가 정신이 없다네."

JW물산의 건설계열사는 부산을 맡기로 했다. 원래부터 번화가 지역에 소유 중인 건물도 많아서 일을 진행하는 데 큰 도움이 되었다.

"죄송합니다. 제가 일을 벌이는 성격이라서요."

"솔직히 자네가 경찰을 그만두고 모이라이의 대표가 되었다는 말을 들었을 때는 깜짝 놀랐지."

처음에 정재원은 차준혁이 도와준다고 했을 때 전적으로 믿음이 가지 못했다.

한낱 경찰이 범인의 배경까지 무너뜨릴 줄은 상상할 수 없었기 때문이다. 그래서 범인만 확실히 잡아주길 바라고 있었다.

"운이 좋았습니다."

"하지만 지금처럼 경영에도 엄청난 능력을 보여주고 있지 않은가. 솔직히 저번 대표였던 친구는 많이 가벼워 보이긴 했지."

이지후를 말함이었다.

건들거리는 행색에 가벼운 말투를 쓰다 보니 정재원으로서는 신뢰가 생기기 힘들었다.

"하하하… 그랬나요?"

"풋……!"

차준혁의 옆에 앉아 있던 신지연은 그 말을 들으며 살짝 웃음이 터졌다.

"그러고 보니 자네의 연인이자 비서라던데."

안부를 묻다보니 신지연의 소개를 미처 하지 못했다.

"예. 그렇습니다."

"신지연이라고 해요."

그렇게 인사를 하자 정재원은 흐뭇한 미소를 지어 보이며 고개를 끄덕였다.

"보기가 좋군. 우리 김 비서도 좋은 짝을 찾아야 할 텐데 말이야."

정재원의 시선이 뒤로 서 있는 김철수에게 향했다. 자신의 딸을 잊지 않고 여전히 사랑해준 것도 고맙지만 나름대로 갈 길을 가줬으면 했다.

"그런 말씀 마십시오."

"하여간 이렇다니까."

"든든하시겠습니다."

차준혁은 김철수를 보며 미소를 지어 보였다. 정재원 회장이 아들처럼 생각하는 그이기에 누구보다 신뢰할 수 있기 때문이다.

"헌데 현장시찰을 겸해서 왔다고 들었는데 며칠 간 머무를 생각인가?"

"중요한 문제만 해결될 때까지요. 그보다 회장님. 부산 통관 쪽으로 인맥도 있으신가요?"

그 물음에 정재원은 고개를 갸웃거렸다.

"있긴 하네만… 무슨 일로 그러는가?"

"거기를 좀 뒤집어놔야 해서요. 혹시 밀수 같은 것은 안 하시죠?"

"그럴 리가 있겠나. 하지만 거기서 뭘 하려는 건가?"

정재원은 차준혁의 목적을 모르기에 의문만 가질 뿐이었다.

"청소한다고 생각하시면 될 겁니다."

JW물산에서 방문을 마친 차준혁은 신지연과 함께 부산시 부산진구 부전동에 도착했다.

서면이라 불리는 곳으로 부산에서 국제시장과 비슷한 규모의 번화가였다. 그리고 모이라이에서 진행하는 거리 재개발사업이 진행될 지역이었다.

평일 낮임에도 상당한 사람들이 돌아다녔다. 거기다가

차준혁의 등장과 함께 사람들은 더욱 몰려들었다. 신지연은 주위로 몰린 사람들을 보며 말했다.

"이렇게 많은 사람들이 공사가 시작되면 놀 곳이 없어지겠네요."

"잠시 동안이죠. 그 후에는 더 많은 사람들이 몰릴 거예요."

거리 재개발은 외관에 대한 공사만 진행된다. 그리고 전체적인 분위기만 부산에 맞도록 공사하기 때문에 오래 걸리지는 않을 것이다.

물론 폭력조직이 더 이상 영업장을 차리지 못하도록 관리도 할 계획이었다. 그건 겨레회가 차지한 경찰조직도 있으니 어렵지 않았다.

"나름 관광지구 개발이네요."

"그렇다고 할 수 있죠."

거리를 계속 둘러보던 중에 경호책임을 맡고 있던 정진우가 옆으로 다가섰다.

"대표님. 자리부터 옮기시는 것이 좋지 않을까요?"

"예? 아……."

주변으로 조금씩 몰리던 사람들의 수가 엄청나게 불어나 있었다.

"차준혁이다! 차준혁!"

"TV로 봤을 때보다 더 대단한 것 같아!"

그런 사람들의 목소리가 사방에서 터져 나왔다. 차준혁

의 얼굴은 몇 번의 방송출연만으로 전국곳곳으로 퍼져나갔기 때문이다.

30대가 되지 않은 나이에 엄청난 사업수완으로 거대재력을 이룬 인물. 그로 인해서 젊은 사람들은 그런 차준혁을 누구보다 존경했다.

"정 팀장님 말씀대로 해야겠네요."

흡사 연예인이 된 듯한 분위기에 차준혁은 난감했다.

우우웅! 우우웅!

그때 차준혁의 핸드폰이 울렸다.

"말씀하세요."

발신자 번호가 뜨지 않았지만 차준혁은 누군지 알고 대답했다.

—기지회에서 따라붙었습니다. 일을 치르기 전에 처리할까요?

전화를 건 사람은 IIS 배진수였다. 차준혁은 수화기로 입을 가까이 가져다대고 조용히 말했다.

"아니요. 따라붙기만 하고 지켜만 보세요."

—하지만 위험하실 수도 있습니다.

IIS에서도 차준혁의 존재는 중요했다. 그렇기에 문제가 생기도록 가만히 놔둘 수 없었다.

"개방된 곳에서 노리진 않을 겁니다. 알아서 유인할 테니 걱정 마세요."

—알겠습니다. 일단 따라붙은 인원들을 모조리 미행하

겠습니다. 그리고 위험하다고 판단되면 상부에서도 움직이라는 지시가 있었습니다.

실질적으로 배진수는 IIS의 명령체계에 따른다. 차준혁이 큰 비중을 차지하지만 상황에 따른 판단도 필요했다.

뚝—!

차준혁이 전화를 끊자 신지연은 걱정스런 표정으로 입을 열었다.

"거기서 온 전화예요?"

주변에 사람들이 많아서인지 그녀의 목소리가 조심스러웠다.

"맞아요. 뒤로 꼬리가 붙었다고 하네요."

"그럼 이제 어쩌시려고요?"

"흔들 시간이 된 거죠."

차준혁은 그녀와 같이 거리바깥쪽에서 대기 중이던 차량으로 올라탔다. 보통 때는 운전기사가 따로 있었지만 이번에는 차준혁이 직접 운전대를 잡았다.

만약 비상사태가 벌어졌을 때 직접 대처하기 위해서였다.

"지금은 어디로 가는 거예요?"

이후 일정은 신지연도 듣지 못했다. 그래서 차가 향하는 곳을 몰라서 묻는 것이다.

"주태진을 만나러 가요."

"그 사람을 왜요?"

현재 모이라이에게 주태진은 목표 중 하나이자 적이었다. 그런 사람을 만나러 간다고 하니 신지연은 크게 놀란 표정을 지었다.

"가보면 알아요."

차준혁은 그녀를 보며 의미심장하게 말했다.

"도대체 되는 일이 없군."

주태진은 자신의 사무실에 앉아 머리를 쥐어뜯었다. 서울 입성도 엎어지고 기지회와도 사이가 틀어지고 있었다. 이대로 간다면 4선 당선은커녕 자당에서까지 입지가 흔들릴 것 같았다.

똑똑!

노크소리가 들리자 신경이 날카로워진 주태진은 언성이 높아진다.

"뭐야!"

대답과 함께 그의 보좌관 김우환이 얼굴을 내밀었다.

"손님이 찾아오셨습니다."

"오늘 약속도 없는데 무슨 손님!"

언제나 골프나 관공서, 기업의 접대 일정이 가득했다. 그런데 어찌 된 것인지 그런 일정들이 나날이 줄어 지금처럼 사무실에만 처박혀 있게 되었다.

"모이라이의 차준혁 대표입니다."

"…뭐?!"

화들짝 놀란 주태진은 자리에서 벌떡 일어났다.

"차준혁 대표입니다. 직접 의원님을 뵙고자 찾아왔습니다."

"왜 찾아온 거지?"

기지회가 영업장을 불법점거 하던 일이라면 해결된 상태였다. 그 탓에 차준혁이 주태진을 직접 찾아올 이유는 없었다.

"어떻게 할까요?"

"뭘 어떻게 해! 빨리 들어오시라고 해!"

어떤 이유든 간에 주태진에게 이건 기회였다. 잘 구슬려서 연줄만 튼다면 변종권 의원보다 커다란 배경을 지니게 될 수도 있었다.

저벅저벅.

사무실 밖에서 기다리고 있던 차준혁은 신지연과 같이 보좌관의 대답을 들으며 안으로 들어섰다.

"안녕하십니까! 부산시의원 주태진이라고 합니다. 이렇게 뵙게 되어 영광입니다!"

나이 차가 거의 아버지뻘이었다. 그럼에도 주태진은 스스로 굽실거리며 차준혁에게 인사했다.

"차준혁이라고 합니다."

"이렇게 서 있지 마시고 앉으시죠."
차준혁은 그에게 안내받아 소파에 자리를 잡았다.
"부산에서 유명하신 의원님이라고 들었습니다."
"하하하하! 과찬이십니다! 그보다 저를 무슨 일로 찾아오셨는지요."
서울과 부산이다. 거기다 기업의 대표와 의원의 관계이니 심심해서 들렀다고 할 수도 없었다.
"의원님도 아시다시피 이번에 저희 모이라이에서 큰 사업을 진행하지 않습니까."
사업에 대한 이야기가 화두에 오르자 주태진의 입가에 미소가 자리 잡았다.
"당연히 알고 있지요. 그걸로 인해서 대한민국이 떠들썩하지 않습니까."
"아무리 좋은 사업이라도 시민들의 반발이 생길 수 있다고 생각합니다."
차준혁이 살짝 걱정스러운 의문을 띄우자 주태진은 의도를 알아차릴 수 있었다.
"하긴 그럴 수도 있지요. 솔직히 공사기간 동안 이익에 대해 불만인 상인들도 있으니까 말입니다."
그 부분에 대해서는 모이라이에서 상인들에게 공사기간 동안 수입을 책임져준다고 계약을 맺었다.
공사 이전 3개월간 평균수입으로 책정된 비용이라 불만인 상인들도 있었다.

"그래서 말인데… 의원님께서도 긍정적으로 여기신다면 이번 기회에 좋은 활동이 되지 않을까 해서 말입니다."

자잘한 반발을 시의원의 민심으로 완화시켜 달라는 부탁이었다. 주태진에게 그것은 기회나 다름없었다. 살며시 지어지던 그의 미소가 웃음으로 바뀌었다.

"하하하! 차준혁 대표님 같은 분이 저에게 이런 부탁까지 하시다니 정말 오래 살고 볼 일이군요."

"나쁘지 않은 제안이라고 생각합니다."

주태진에게는 기가 막힌 제안이었다. 그로 인해 활짝 웃으면서 입을 열었다.

"실례가 될 수 있겠지만… 하나만 물어도 괜찮겠습니까?"

"말씀하시죠."

"제가 이번 일을 도와드리게 되면 저에게도 좋은 일이 있을까요?"

그가 원하는 것은 콩고물 정도가 아니었다. 정치인으로서의 배경. 뒤를 확실하게 받쳐줄 수 있는 기업의 힘이 필요했다. 하지만 고작 소수의 시민들을 진정시켜주는 것으로 얻기에는 너무 큰 이득이었다.

"어떤 도움이 필요하신 겁니까?"

"사실은 이번에 제가 서울지역 경선에 도전을 해볼까 고민하는 중입니다."

서로 이득을 추구할 수 있는 관계라면 목적을 숨길 필요가 없다. 오히려 보여줄 패를 먼저 까는 것이 신뢰를 보여줄 수 있었다.

"흠… 상당히 어려운 부탁이군요."

"쉽지 않단 것은 잘 압니다. 하지만 차준혁 대표께서 저를 도와만 주신다면 앞으로 어떤 일이든 나서드리겠습니다."

이야기가 빠르게 진척되는 것 같았다. 그만큼 주태진은 마음속으로 흐뭇했다.

물론 곧바로 대답을 듣지는 못했지만 먼저 도움을 주는 것만으로 좋은 이미지를 줄 수가 있었다.

"이번 일이 잘 마무리되는지 확인하고 답변을 드려도 될까요?"

뜸을 들인 대답에도 주태진의 미소는 사라지지 않았다. 오히려 더욱 기분 좋은 목소리로 말했다.

"그래주시죠. 제 실력을 보시면 절대 실망하시지 않을 겁니다."

"알겠습니다. 그럼 믿도록 하지요. 저는 다른 일정이 있어서 이만 일어나겠습니다."

차준혁은 그렇게 대화를 마치며 몸을 일으켰다. 물론 신지연도 같이 일어나 뒤를 따랐다.

"다음에 또 뵙겠습니다."

마지막으로 악수를 하며 차준혁은 그의 사무실을 나설 수 있었다.

"됐어!"

사무실에 혼자 남게 된 주태진은 주먹을 쥐며 환호성을 외쳤다. 궁지에 몰렸던 상황을 타파할 방법을 찾았기 때문이다.

"잠깐!"

하지만 그것도 잠시였다. 주태진과 연관된 기지회에서 그런 차준혁을 노리고 있었다. 이대로 간다면 지금의 계획이 또 무너지게 된다.

"어떻게 해야 하지……?"

지금도 주태진은 기지회 임백호에게 주의를 받은 상황이었다. 또다시 등을 돌렸단 사실이 그의 귀로 들어간다면 오히려 역공을 당할 수 있었다.

"녀석들을 쓸어버릴 수도 없는 일이고!"

이제 기지회는 주태진에게 버리고 싶은 패였다. 그렇다고 함부로 버렸다간 자신의 패까지 무너져버린다. 진퇴양난의 상황으로 몰리자 주태진은 아까보다 머리가 더욱 복잡해졌다.

한편, 다시 차에 올라탄 차준혁은 멍한 표정만 짓고 있는 신지연을 힐끗 쳐다봤다.

"왜 그래요?"

"아까 주태진 의원과 그런 거래를 왜 하신 거예요? 시민들 문제는 딱히 크지도 않잖아요."

애초부터 그에게 도움을 받지 않아도 상관없었다. 그러나 차준혁이 노린 수는 따로 있었다.

"지금쯤 주태진은 머리를 뜯고 있을 겁니다."

"왜요? 주 의원은 대표님이랑 거래를 해서 서울로 올라갈 생각인 거잖아요. 그럼 잘된 일이지 않나요?"

신지연은 지금 상황만 보고 상황을 추측해봤지만 그에게 문제점을 찾지 못했다.

"주태진은 지금까지 기지회를 배경으로 두고 의정생활을 해왔어요. 그런데 기지회를 의도치 않게 무너뜨리는 저희와 손을 잡으려 한다면 어떻게 될까요?"

설명이 이어지자 신지연은 그제야 눈치를 채며 박수를 쳤다.

짝—!

"준혁 씨와 기지회 사이에서 갈등하겠네요!"

"맞아요. 뭐… 주태진은 기지회를 버리고 싶겠지만 그것도 쉽지 않겠죠. 거기다 지금쯤이면 임백호의 귀에도 들어갔을 거예요."

차준혁은 앞으로 벌어질 일들을 기대하며 차를 숙소로 몰았다.

너는 멀쩡할 줄 알았냐?

“주태진이랑 누가 만나?”

임백호는 차준혁에게 붙여놓은 조직원에게 보고를 받았다. 주태진의 사무실을 방문한 소식도 오른팔 김봉원을 통해 접하게 되었다.

“차준혁 대표가 직접 주 의원을 찾아갔습니다. 무슨 대화를 나눴는지 모르지만 상당한 시간동안 대화를 나눴다고 합니다.”

부하의 설명에 임백호의 얼굴이 붉어졌다. 어떤 목적으로 만남을 가졌는지 모르지만 지금 상황에서 불편한 의도가 엿보이기 때문이다.

"차준혁이 주태진에게 부탁할 것이라도 있었나? 만약 그런 것이면 아무런 보상도 없이 도와줄 리는 없을 텐데 말이야."

김봉원은 그 말을 들으며 몇 가지 상황을 유추하기 시작했다.

"정말 그런 것이라면 주 의원이 형님의 도움을 더 이상 받지 않겠다는 것이군요."

"모이라이를 배경으로 둔다면 내 도움이 필요가 없어지겠지."

서울에서의 문제 때도 주태진은 자신이 해결해준다면서 다른 일을 꾸몄다. 이번에도 다를 바가 없었다. 물론 확실한 상황을 모르지만 대략적으로 유추할 수 있었다.

"정말 그런 것이면 주 의원을 가만히 두실 겁니까?"

"그럴 리가 있겠나. 지금까지 같이해 온 세월도 있으니 직접 축하해줘야겠지."

폭력조직에서의 배신은 죽음을 의미했다. 그렇기에 임백호의 말이 무슨 의미인지 김봉원은 잘 알았다.

"같이 묻어버릴까요?"

"아니야. 굳이 미더스물산이랑 관계까지 망칠 필요는 없잖아."

미더스물산은 주태진의 장인 오평진이 운영하는 회사였다. 그중 무역회사도 있어서 은밀하게 기지회와도 거래가 있었다.

거기다 오평진은 주태진을 싫어했다. 자신의 딸이 사랑한다고 해서 결혼시켜준 것뿐이었다. 그건 세월이 지나도 여전히 변하지 않았다.

"어떻게 할까요?"

"흠… 어차피 요즘 도는 소문만 보면 쓸모도 없어진 패이니 우리가 먼저 버리자고, 지난번에 찍어뒀던 사진 있지?"

임백호가 그렇게 결단내린 이유는 부산유지들 사이에 도는 소문 때문이다. 그건 주태진이 지금까지 저질렀던 정치비리 및 권력남용에 의한 범법행위가 증거로 남아 있다는 소문이다.

진짜라면 정치인으로서 인생을 끝이었다. 당연히 주태진과 연결된 사람들도 등을 돌리게 만들 것이다. 그래서 번잡했던 주태진의 스케줄이 단조롭게 바뀐 것이다.

"하지만 그 소문이 정말일까요? 주 의원이 따로 나서서 해명하지도 않았잖습니까."

물론 그런 소문이 당사자만 모르게 퍼지기도 힘들었다. 그건 차준혁이 주태진과 연관된 사람들에게만 은밀하게 전파해서였다. 대놓고 떠벌릴 소문이 아니다보니 다들 알고만 있고 행동으로 보여주었다.

"아니 땐 굴뚝에 연기 날 리가 있나. 그리고 영업장만 회복되면 위로 연줄이나 이어보자고."

기지회는 천성파가 무너진 후에 서울 입성을 서두르느라

정치연줄을 미처 신경 쓰지 못했다. 임백호는 바로 그 점이 부족했기에 이번 일이 실패한 것이라 판단하고 있었다.

"바로 움직이겠습니다."

"그렇게 하도록 해. 내 손을 함부로 뿌리치면 어떻게 되는지 확실히 보여줘."

머리를 숙인 김봉원이 뒤로 물러나려고 했다.

"아! 잠깐!"

말이 끝나지 않았는지 임백호가 그런 김봉원을 다시 불러 세웠다.

"왜 그러십니까?"

"차준혁은 지금 어떻게 하고 있지?"

주태진에 대해서 신경 쓰느라 원래 목적인 차준혁을 어떻게 할지 말하지 못했다.

"마지막 보고로는 숙소인 JW호텔로 들어갔다고 합니다. 그 후로 보고가 없으니 나오지 않았을 겁니다."

지금까지 임백호는 미행으로 붙은 조직원들에게 보고를 받으며 기회를 노리고 있었다.

"경비체계는?"

"JW가 모이라이와 협력기업이다 보니 철저합니다. 일단 숙소를 덮치기에는 사람들의 이목이 심하게 끌릴 겁니다."

임백호는 그 대답에 수염이 자잘하게 난 턱을 쓰다듬었다.

"혹시 일정에 대해서는 확인이 힘들었나?"

"차준혁 대표의 비서에게도 접근이 어렵습니다. 이대로 미행을 하면서 기다려 봐야 할 듯싶습니다."

언제나 차준혁과 신지연은 붙어 다녔다. 화장실 갈 때를 제외하고 같이 움직이니 기지회에서도 기회를 찾기 힘들었다.

"그년이 차준혁 대표의 연인이라고 했지?"

방송을 통해 대외적으로 공표되었으니 모를 수가 없다. 이에 김봉원은 그의 말이 무슨 의미인지 감을 잡을 수 있었다.

"맞습니다. 틈을 봐서 그년부터 납치해 올까요?"

"방법을 마련해봐. 미끼가 있으면 혼자 움직이게 만들 수 있겠지."

김봉원은 그 지시에 고개를 끄덕이며 밖으로 나갔다. 그 모습을 보던 임백호는 조용히 생각에 잠겼다.

시간이 지나던 중에 그의 핸드폰이 울리기 시작했다. 액정에는 표시제한이 떠서 번호를 알 수 없었다.

"나다."

—형님. 거래일자가 정해졌습니다.

조직에서 마약거래를 전담한 부하 고종민의 목소리였다.

"언제지?"

—이틀 뒤입니다. 중국에서 화물선을 통해서 들어올 예

정입니다.

"통관 쪽은 미리 손써뒀겠지?"

화물선으로 하역해서 들어오는 마약이라면 통관이 제일 큰 문제였다. 물론 기지회에서는 그쪽으로도 연줄이 닿아 있었다. 미리 약을 쳐놨기에 경찰에서 낌새만 차리지 못하면 무사히 거래가 된다.

—예. 지난주부터 통관절차에 구멍을 만들어뒀습니다.

"거래량은?"

—필로폰 3kg, 코모로코 1kg입니다.

일반적으로 메스암페타민이라 불리는 히로뽕 종류와 최근 해외에서 유행한 신종 마약이었다.

보통 마약거래는 1kg 미만이었다. 양도 양이었지만 위험성이 크기 때문에 조직에서도 큰 거래는 하지 못했다.

하지만 영업장 폐쇄로 이익이 크게 줄어들자 기지회에서도 위험을 안게 된 것이다.

"좋았어. 마지막까지 신경을 곤두세우도록."

—걱정 마십시오.

임백호는 그의 대답과 함께 전화를 끊었다. 그리고 홀로 흐뭇한 표정을 지었다.

숙소에 있던 차준혁은 신지연과 함께 차를 마시고 있었

다. 둘 다 방금 전에 씻고 나온 상태라 몸이 나른했다.

"후우… 역시 업무적인 부분은 어떻게 해도 익숙해지지 않네요."

하루 동안 별다른 일이 없었지만 차준혁은 피곤함에 한숨부터 내쉬었다.

"그럼 쉬울 줄 알았어요? 옆에서 보면 준혁 씨도 일을 정말 많이 만드는 것 같아요."

"지금은 살짝 후회되네요."

기지회와 더불어 폭력조직들을 번화가에서 몰아내기 위한 일이었다. 기업으로서 그들을 직접 노릴 수 없으니 돌려서 이번 일을 꾸민 것인데 쉽지가 않았다.

"그보다 정말 괜찮은 거예요?"

신지연도 차준혁이 미끼를 자처한 일에 대해서 알고 있었다. 그래서 여전히 걱정스런 얼굴로 물었다.

"보안팀과 IIS에서 경호해주고 있잖아요."

지금도 정진우 팀장과 보안요원 5명이 방 앞과 복도를 지키고 있었다. 그리고 여자 경호원도 2명이 거기에 포함되어 신지연의 전담 경호도 맡고 있었다.

"그래도 상대는 부산지역구 조직이에요. 물론 야계의 정체를 파악하기 위해서지만 너무 위험해 보여요."

애초부터 진짜 목적은 따로 있었다. 겨레회의 숙적이자 아직 정체조차 밝혀지지 않은 야계(野鷄). 그걸 알아내기 위해서였다.

"저 때문에 걱정만 점점 늘어나는 것 같네요."

"…당연하잖아요."

신지연은 살짝 붉어진 얼굴로 대답했다. 그러던 중에 노크소리가 들리며 정진우가 얼굴을 내밀었다.

"대표님. 오늘 새벽까지 보고내용입니다."

주태진과 임백호를 감시하며 작성된 도청 내용이었다. 그걸 확인한 차준혁은 미소가 지어질 수밖에 없었다.

"드디어 움직였네요."

"어디가요? 주태진 의원이요?"

서류의 내용이 궁금한지 신지연도 옆으로 다가와 뒷부분부터 같이 확인했다.

"아니요. 기지회에서 움직이는 거예요. 이대로 간다면 제 생각대로 되겠네요."

기지회가 주태진을 내치고 마약거래를 한다는 내용이었다. 그렇게 기지회는 자신들이 감시당한다고 생각하지 못하고 움직였다.

"그럼 경찰에게 신고할 생각이세요?"

"나쁜 짓을 했으면 벌을 받아야죠."

물론 정보의 출처도 모른 채 경찰들이 쉽게 움직이지는 않을 것이다. 하지만 겨레회를 통한다면 충분히 가능했다.

"연락을 넣어 놓을게요."

신지연은 옆방으로 들어가 핸드폰을 꺼내고 주상원의 번

호를 찾았다. IIS의 국장이면서 여전히 겨레회의 장로이니 경찰 쪽으로 정보를 넘겨줄 수 있었다.

그사이 차준혁은 도청 내용 중에서 한 부분을 다시 듣다가 주먹을 쥐었다. 신지연도 미처 확인하지 못한 내용이었다. 방금 전에 신지연이 다가와 급하게 넘겼던 내용이기도 했다.

—그년이 차준혁 대표의 연인이라고 했지?

—맞습니다. 틈을 봐서 그년부터 납치해 올까요?

—방법을 마련해봐. 미끼가 있으면 혼자 움직이게 만들 수 있겠지.

납치에 관한 내용이었다.

그로 인해 차준혁은 분노할 수밖에 없었다.

"이 내용은 지연 씨에게 말하지 마세요."

"알겠습니다. 대표님."

신지연이 자신을 1차 목표로 삼았단 걸 안다면 무서워할 것이기 때문이다. 물론 차준혁은 그 사실을 알았으니 절대 가만히 둘 생각이 없었다.

"그리고 마약거래 일자를 기점으로 기지회를 완전히 지워버릴 겁니다."

절대로 건드려선 안 되는 사람을 건드리려는 계획에 차준혁은 분노를 넘어서 살기마저 피워 올렸다.

"대, 대표님."

앞에 서 있던 정진우는 그런 차준혁의 살기를 처음 느껴

보았다. 그래서 순간 말문이 막히더니 제대로 움직이지 못했다.

"준혁 씨!"

너무 무시무시한 느낌 탓에 통화를 하고 있던 신지연이 방에서 급하게 나와 소리쳤다.

"아… 죄송합니다."

차준혁은 급히 살기를 가라앉히며 정진우에게 사과했다. 이에 정진우는 숨통이 트이는지 허리를 숙인 채 숨을 몰아쉬었다.

"아, 아닙니다. 그럴 만하셨습니다."

납치에 관한 내용은 정진우도 확인했기에 이해할 수 있었다.

"준혁 씨. 갑자기 무슨 일이에요."

그사이 옆으로 다가온 신지연은 아까보다 걱정스런 얼굴로 물었다.

"조금 화가 났어요. 이제 괜찮으니 걱정 말아요."

"뭐가 조금이에요."

너무 갑작스럽게 일어난 상황이었다.

"아무튼 보고사항은 알겠어요. 정 팀장님은 나가보셔도 괜찮아요."

"알겠습니다. 편히 쉬십시오."

그가 나가자 차준혁은 소파에 깊숙이 기대었다.

"방금 전에는 정말 왜 그런 거예요?"

"피곤해서 감정 조절이 좀 안 됐어요."

"병원에 가 봐야 하는 것 아니에요?"

사람이 낼 만한 살기가 아니었다. 거의 상대방을 옥죌 정도였기에 정상이라고 볼 수 없었다.

"약 먹으면 괜찮을 거예요."

"기다려 봐요."

차준혁이 매일 아침마다 챙겨먹던 진화환은 신지연도 알고 있었다. 그래서 테이블에 놓인 약통과 물을 챙겨서 가져다주었다.

"고마워요."

"나중에 병원에 꼭 가서 검사받아요. 제가 같이 가줄게요."

그런 신지연의 말에 차준혁은 그녀를 끌어당겨 꼭 안아주었다.

이틀이 지나 밤이 되자 컨테이너가 잔뜩 쌓인 부산항으로 검은색 승용차들이 들어섰다. 기지회에서 마약을 전담한 고종민과 그의 부하들이었다.

고종민은 차량에서 내리더니 한참을 걸어 화물선 앞으로 섰다.

"신호 줘."

그런 지시에 뒤로 서 있던 부하 중 하나가 플래시를 꺼내 버튼을 반복적으로 눌러댔다.

깜박! 깜박깜박! 깜박!

잠시 후 주변으로 쌓인 컨테이너 사이에서 똑같은 방식의 신호가 반짝였다. 그렇게 몇 번의 신호가 오간 뒤에 다른 방향해서 한 무리가 걸어왔다. 드디어 안전하다고 판단되었기 때문이다.

저벅. 저벅. 저벅.

각각 10명 정도의 무리들이 넓은 부산항 한복판에서 마주 섰다. 맞은편에 선 이들은 중국인들이었다.

“거래를 시작할까?”

고동민이 말하자 다른 부하가 서류가방 두 개를 들고 앞으로 나갔다. 그러자 중국인들도 조용히 중얼거리더니 보스턴 백 하나를 들고 걸음을 옮겼다.

가운데에서 만나게 되자 서로의 가방을 열었다. 한쪽은 돈이고 다른 한쪽은 비닐에 담긴 하얀 가루와 붉은색 알약이 들어 있었다.

“확인해봐.”

부하는 그 지시에 봉지에 들어 있던 가루와 알약을 꺼내 혀끝으로 가져갔다. 현금과 다르게 약은 확인이 필요하기 때문이다.

“맞습니다.”

고종민은 부하의 대답에 미소를 지어 보이면서 가져오라

는 손짓을 보였다. 거래가 성사되자 가운데 선 이들은 뒤로 돌지 않고 물러나기 시작했다.

팍—! 파파파팍—!

그 순간 3~4층 높이로 쌓인 컨테이너 꼭대기에서 서치라이트가 비춰졌다. 거기서 끝이 아니었다.

사방에서 사이렌 소리가 울리더니 무장경찰들이 우르르 쏟아져 나왔다. 경찰들은 거래 중이던 조직원들을 순식간에 둘러쌌다.

"뭐, 뭐야!"

깜짝 놀란 고종민은 경찰이 떴다는 걸 알고서 도망칠 구멍을 찾았다. 하지만 남은 방향은 바다였고 해상경찰들이 보트를 타고 와 포위망을 펼치고 있었다.

중국 조직원들도 혼란스럽기는 마찬가지였다. 완벽하게 안전하다고 판단했음에도 몇 번을 확인했는데 이런 결과를 가져왔기 때문이다.

"모두 손들고 꼼짝 마!"

코앞까지 들이닥친 경찰 중 하나가 소리쳤다. 이에 궁지에 몰렸다고 생각한 중국 조직원들이 총을 꺼내들었다.

탕—!

그와 동시에 총성이 울리더니 한 중국 조직원의 권총을 멀리 날려버렸다. 무장한 조직원들은 저격이 있다는 걸 알고서 주춤거리며 당혹스러워했다.

철컥! 철컥! 철컥!

무장경찰들은 그 소리에 총구부터 앞으로 겨눴다. 완벽하게 제압해버리는 상황이었다. 그로 인해 조직원들은 하나둘씩 권총을 내려놓을 수밖에 없었다.

“누가 총을 쏜 거야!”

발포 명령은 떨어지지도 않았다. 그래서 이번 작전의 책임을 맡고 있던 경찰은 상황이 정리되자 무전기에 대고 소리쳤다.

하지만 누구도 총을 쏘지 않았다는 대답뿐이었다.

“여기는 DOG One 상황 종료.”

조금 멀리 떨어진 화물선 꼭대기에서 유강수가 무전을 넣었다. 그러자 배진수가 대답했다.

—수고했다. 들키지 않게 복귀하도록.

“Roger.”

방금 전 중국 조직원의 총을 저격한 것은 바로 유강수였다.

차준혁이 미리 얻은 정보로 인해 무장경찰들은 그들을 체포할 수 있을 것이다. 그러나 거래의 규모 탓에 총격전이 벌어질 수도 있어서 차준혁의 지시로 유강수가 저격 배치되었다.

물론 그 예상은 들어맞았다. 그리고 저격 한 번으로 조직원들의 기선을 단숨에 제압할 수 있었다.

“대표님의 추측은 정말 무섭게 들어맞네.”

방금 전 한 방이 아니었다면 조직원들과 경찰들은 부산항 한복판에서 총격전이 펼쳤을 것이 분명했다.

그 상황을 잠식시킨 유강수는 상황을 예측했던 차준혁의 지시에 또다시 감탄할 수밖에 없었다.

[전날 밤 자정경에 부산항에서 대규모 마약거래가 적발되었습니다. 그렇게 적발된 약물은 필로폰과 신종 마약인 코모로코로 약 4kg에 달한다고 경찰은 발표했습니다.]

[마약은 그램당 한화로 약 30만 원으로 거래금인 현금 15억 원도 같이 압수되었습니다.]

[거기다 마약이 부산항 세관을 거쳐 들어온 것이라 조사되었다고 합니다. 이에 경찰은 사건과 관련된 세관 책임자들도 모두 입건시켰다고 전했습니다.]

"아아아아아악!"

임백호는 부산 외곽에 위치한 별장에서 기물들을 때려 부수며 뒤집어 놨다.

거래에 나갔던 조직원들이 모조리 잡혀 들어가는 바람에 급하게 도망쳐온 것이다.

거기다 마약도 마약이지만 돈까지 압수당해 버린 탓에 조직운영비에 커다란 구멍이 생겨버렸다. 임백호는 당연히 울화통이 터졌다.

"혀, 형님……."

그런 모습에 오른팔 김봉원은 차마 말리지 못하고 조용히 중얼거릴 뿐이었다.

"도대체 어떻게 된 거야! 어떻게 경찰들이 전부 알고 있는 거냐고!"

"따로 알아보겠습니다."

퍽—!

그 대답에 임백호는 탁자 위에 놓여 있던 재떨이를 던져 김봉원의 어깨를 맞췄다.

"크읍……!"

"이제 와서 조사하면 뭘 어쩌자고!"

분노는 쉽게 가라앉지 못했다. 오히려 더욱 광분해서 골프채까지 들어 주변으로 휘둘렀다.

쨍그랑! 쾅! 쾅! 쾅!

물건들이 부서지면서 사방으로 날아다녔다. 어깨를 부여잡고 있던 김봉원은 그런 모습을 보며 탄식을 흘렸다.

이번에 임백호는 무리해서 자금을 끌어들여 마약을 구매하는데 쏟아부었다.

그게 실패함으로써 조직의 기반까지 크게 흔들리게 된 것이다.

우우우웅! 우우우웅!

그때 소파로 던져졌던 임백호의 휴대폰이 울렸다. 정신

이 없던 임백호는 그걸 몰랐기에 김봉원이 그걸 들고 조심스럽게 다가갔다.

"뭐야!"

퍽—!

더욱 흥분한 그가 골프채로 그의 복부를 후려갈겼다.

"크윽… 저, 전화가……."

"뭐? 젠장!"

액정을 확인한 임백호는 급히 흥분을 가라앉히기 시작했다. 이마로 흐른 땀을 소매로 닦아내면서 통화버튼을 눌렀다.

"저, 전화 바꿨습니다."

지금까지 쉽게 보지 못했던 점잖은 목소리였다.

—뉴스를 보았네. 무리하게 자금을 끌어다 쓰더니 일을 모조리 망쳐버렸더군.

수화기 너머로 묵직하면서도 잔잔한 목소리가 들려왔다. 이에 임백호는 사색이 된 얼굴로 굽실거렸다.

"죄송합니다. 어르신. 다시는 이런 일이……."

—이제 와서 기회가 또 주어질 거라고 생각하나?

"그게 아니라……."

어르신이라 불린 상대방은 깐깐한 태도로 그를 압박했다.

—수고 많았네. 자네는 여기까지만 하게.

"어르신! 어르신!"

전화는 이미 끊긴 상태였다. 그럼에도 임백호는 계속해서 수화기에 대고 어르신을 불러댔다.

"젠장! 젠장! 도대체 어떤 새끼냐고!"

결국 상황을 이렇게 만든 정체불명의 존재만 탓할 뿐이었다. 임백호가 그렇게 절망에 빠져 허우적거리는 사이 바깥에서 차의 브레이크 소리가 들려왔다.

끼이이익! 끼이익!

"형님! 확인 좀 해보고 오겠습니다."

대부분의 조직원들은 경찰의 급습으로 뿔뿔이 흩어진 상태였다. 그나마 몇 명이 남았지만 지금의 별장으로 찾아올 부하들은 없었다.

밖으로 나간 김봉원은 마당에 선 2대의 차량을 확인했다. 그런데 헤드라이트 불빛이 너무 강해서 눈을 가리며 부하들에게 물었다.

"뭐야!"

"모르겠습니다. 아직 아무도 나오지 않았습니다."

"확인해봐!"

고급승용차였기에 경찰은 아닌 것 같았다. 그 때문에 김봉원은 방금 전 임백호가 통화한 어르신의 부하들로 생각되었다.

달칵!

의문과 함께 차 2대의 문이 열리더니 정장으로 차려입은 사내 4명이 내렸다.

"어르신의 사람들인가!"

그 물음에 아무도 대답하지 않았다. 분위기가 심상치 않자 김봉원은 긴장이 되었다.

"막아!"

이내 위험하다고 느낀 김봉원의 외침으로 부하들이 앞으로 나섰다. 부하들은 10명이고 사내들은 고작 4명이니 막을 수 있을 것이라 판단했다.

퍼퍽! 퍽! 퍼퍼퍽!

동시에 사내들이 달려들어 그의 부하들을 하나씩 때려눕혔다. 너무 순식간인데다가 여전히 비춰지는 라이트불빛에 제대로 확인하기가 힘들었다.

심하게 놀란 김봉원은 임백호를 피신시키려던 발걸음이 멈춰지고 말았다.

"누, 누구냐!"

김봉원의 동공이 불빛에 점차 익숙해지더니 4명의 얼굴을 확인할 수 있었다.

"다, 당신은……."

다른 3명은 알지 못하는 얼굴이다. 하지만 1명만은 누군지 확실하게 알 수 있었다.

"내가 누군지 아나?"

"차, 차, 차준혁……."

그들 중에 가장 날렵하게 움직이던 한 사람은 바로 차준혁이었다. 차준혁은 그런 김봉원과 눈을 마주치며 다시 말했다.
"잘 알고 있네."
그 얼굴은 경제채널이나 그 밖에 뉴스로 툭하면 보았다. 거기다 이번에 미행까지 했으니 모를 수가 없었다.
"당신이 어떻게 여길……."
"날 잡아서 어떻게 한다고 말하지 않았던가?"
"……."
계획을 차준혁이 알고 있자 김봉원은 더욱 놀란 표정으로 쳐다봤다.
"안에 임백호 있지?"
그 말과 함께 차준혁은 얼떨떨해 하던 김봉원을 지나쳐 안으로 들어갔다.
"뭐야!"
상황을 모르고 있던 임백호는 다른 사람이 들어온지도 알지 못하고 소리쳤다.
"뭐긴 뭐야. 나지."
"다, 당신이 어떻게 여길……!"
이제야 누군지 알아본 임백호는 현 상황을 여전히 파악하지 못하고 있었다.
퍼퍽! 퍽!
그 사이 문밖에서 둔탁한 소리가 들려왔다.
도망치려던 김봉원이 IIS요원들에게 잡혀 제압당하는 소리였다. 요원들이 그런 김봉원을 끌고 들어오자 임백호의 표정은 더욱 구겨질 수밖에 없었다.
"네 녀석을 여기서 끝내버리려고 왔지."
"뭐, 뭣…? 네 녀석이 나를 왜!"
궁지에 몰렸다고 판단한 임백호는 눈치를 보며 상황부터 살폈다.
"날 잡아서 죽이려 했고, 내 연인까지 납치하려 하지 않았나?"
"그걸 어떻게……."
사무실에서 그가 김봉원에게 내렸던 지시들이었다. 너무나 예상 밖의 대답이 그렇게 이어지자 임백호는 더욱 놀란 표정을 지었다.
"아! 그리고 도망칠 생각은 하지 않는 것이 좋을 거야. 사방으로 우리 요원들이 배치 중이니까."
"요원? 네 녀석… 정부의 개였나?"
임백호는 자신이 함정에 빠진 것이라고 생각했다. 그 때문에 들고 있던 골프채가 부들부들 떨렸다.
"네가 상관할 바가 아니지. 그보다 저 녀석이 아까 전에 어르신이 보낸 사람이라고 묻던데 누굴 말하는 거지?"
그를 찾아내서 온 차준혁은 김봉원의 물음으로 의도치 않게 흔적을 잡을 수 있었다.
"누굴 말하는 것인지 모르겠군."
사아아아악—!
동시에 차준혁의 전신에서 살기가 치솟아 올랐다. 겉으

로는 아무것도 보이지 않았지만 임백호의 눈에는 거무스름한 연기가 자신을 옭아매는 것 같았다.

"커억……!"

임백호는 가슴을 부여잡으며 털썩 주저앉았다.

"다시 묻지 않는다."

장난처럼 보이던 차준혁의 태도가 무거워졌다.

숨만 옥죄던 살기가 사방으로 가득 퍼졌다. 결코 농담이 아니라는 것을 온몸으로 느끼게 해줬다.

"어르신이란 사람이 누구지?"

"모, 모른다!"

"저 녀석도 알고 있던데 만난 적이 있나?"

질문을 계속 던져댄 차준혁은 그의 눈동자의 움직임을 살폈다. 흔들림의 정도와 방향에 따라 진실과 거짓이 구별되기 시작한다.

"난 아무것도 말할 수 없다!"

"그만한 관계인가보군. 하지만 지금 상황에서도 도움이 없다면 버려진 것이 아닌가?"

기지회가 서울에서 물러날 때부터 부산에서까지 궁지에 몰린 지금도 아무런 도움이 없었다.

사실 차준혁은 그 과정에서 희미한 흔적만 연결되면 추적할 생각이었다. 그러나 기지회가 위기에 몰려 무너짐에도 아무런 도움이 없었다.

"……."

"끝까지 입을 열지 않을 생각인가?"

대체 어떤 관계로 연결된 것인지 몰랐다. 답답함에 차준혁은 살기를 더욱 거세게 내뿜으며 그의 멱살을 잡아 쥐었다.

"죽어—!"

팍!

마지막 발악인지 임백호는 다리춤에서 칼을 꺼내서 내질렀다. 그러나 옆구리 바로 앞에서 차준혁의 손에 잡히고 말았다.

극한의 살기로 인해 초감각이 칼끝처럼 예리해진 덕분이다.

"네 녀석이 언제까지 입을 다물고 있을지 보자고."

차준혁은 신지연을 납치하라고 했던 임백호의 주둥이와 팔다리를 분질러 버리고 싶었다. 물론 지금 당장 죽여도 라이브 레코드로 그의 기억을 뒤질 수 있었다.

하지만 정체를 숨긴 존재라면 증언이나 추적할 흔적이 필요할지도 몰랐다. 일단은 심문을 해보고 라이브 레코드는 최후의 보루로 남겨둬야 했다.

"이쪽으로 좀 와주세요."

그 부름에 배진수와 유강수가 조심스럽게 옆으로 다가왔다. 물론 거세게 휘몰아치던 살기는 차준혁이 그들의 접근과 함께 잦아들게 만들었다.

"이 둘을 본부에 가둬놔주세요."

"알겠습니다. 그럼 작전은 마무리하겠습니다."

배진수는 무전기로 사방에 배치된 요원들에게 지시를 내렸다. 다른 요원들이 들어와 발악하는 임백호와 기절한 김봉원을 끌고 나갔다.

그사이 차준혁은 별장 안을 둘러보다가 소파에 떨어져 있는 핸드폰을 발견했다.

"이건 저희 쪽에서 분석하겠습니다."

임백호의 핸드폰이었다. IIS에서도 분석이 가능하지만 실력 면에서는 이지후가 더 뛰어나기 때문이다.

"추가 심문은 저희 쪽에서 할까요?"

삑! 삑!

차준혁은 잠시 핸드폰의 발신기록을 확인하다가 그의 물음에 대답했다.

"그렇게 해주세요. 응?"

불과 10분 전쯤에 발신기록이 하나 있었다. 전화번호는 표시제한으로 나와 있지 않았다. 일단 기지국부터 찾아 발신지역을 알아내는 수밖에 없었다.

"통화한 기록부터 복구해서 봐야겠어."

기지회의 보스인 임백호가 어르신이라고 부를 사람이라면 야계(野鷄)일 확률이 높았다.

"크하하하하!"

주태진은 뉴스를 보며 사무실이 떠나갈 정도로 웃어댔다. 불과 며칠 전만 해도 골치 덩어리였던 기지회의 임백호가 무너져버렸기 때문이다.

"이제 차 대표의 일만 잘 마무리해주면……!"

지난번에 차준혁이 부탁했던 일은 오래 걸리지 않았다. 그나마 미약하게 불만을 가졌던 상인들은 지역구에 대한 민심을 이용해 설득할 수 있었다.

"서울 입성도 꿈은 아니지! 오히려 모이라이만 등에 업으면 한민국당도 상대가 못될 수 있겠어."

모이라이에서 하는 대부분의 일들은 거의 자선사업 수준이었다. 당연히 국민들의 지지율도 엄청났다.

거기서 정치인이 앞에 나서준다면 상당한 신뢰를 얻을 수 있었다. 주태진은 바로 그 자리를 탐낸 것이다. 이에 방 밖에 있는 보좌관 김우환을 호출했다.

"부르셨습니까."

"차준혁 대표에게 연락을 넣어 약속을 잡아주게."

지금 정도의 성과라면 주태진은 결과를 보여줘도 문제되지 않을 거라 생각하고 있었다.

"알겠습니다."

그가 나가자 주태진의 입가로 그윽한 미소가 자리 잡았다. 통화를 하러 나간 김우환은 금방 돌아왔다. 다시 그의 앞으로 서서 입을 열었다.

"오늘 점심 때 괜찮다고 합니다."

"좋군. 상당히 좋아."

흐뭇해진 주태진의 목소리가 흥얼거렸다.

"의원님의 염원을 이루시는 데 일보전진하신 것을 축하드립니다."

"크하하하! 고맙네. 그리고 자네에게도 좋은 일이 있을 것이야!"

점심까지는 시간이 얼마 남지 않았다. 시계를 확인한 주태진은 곧장 재킷을 걸치고 김우환과 같이 사무실을 나섰다.

약속이 잡힌 장소는 JW호텔 VIP라운지였다. 미리 도착한 차준혁은 신지연과 같이 구석진 자리에 앉아 있었다.

"어젯밤에는 일찍 주무셨나 봐요."

"예?"

신지연은 이상하게 잠이 오질 않아서 차준혁의 방문을 두드렸다. 그런데 문밖으로 얼굴을 내민 것은 정진우였고 일찍 잠들었다는 말만 남겼다.

물론 그녀라면 들어가서 깨워도 정진우가 말릴 수는 없었다. 하지만 그날 낮에 JW건설과 거리 재개발사업 하청 건설사들과 대규모 회의가 있었다.

상당량의 자료들을 살펴보느라 차준혁은 엄청 피곤할 수 밖에 없었다. 거기다 방 문밖으로까지 코고는 소리가 심하게 들려서 깨우지 못한 것이다.

"코 고는 소리가 밖에까지 들릴 정도여서 많이 피곤하셨던 것 같아서요."

"아… 조금요."

사실 차준혁은 임백호를 잡으러 가기 위해 밖으로 나갔었다. 코골이 소리는 일부러 녹음을 해두고 정진우를 거실에 배치해놓은 것이다.

물론 대신해서 자리를 지키고 있던 정진우는 그녀가 안까지 들어올까 봐 조마조마했다.

"지금은 괜찮으시니 다행이에요."

지금은 정진우가 아니라 차준혁이 마음을 졸였다.

'휴우… 눈치챈 줄로만 알았네.'

고개를 살짝 돌렸던 차준혁은 다시 그녀를 쳐다보며 입을 열었다.

"오랜만에 대규모 회의다보니 그랬나 봐요."

"하긴 그럴 만했죠. 다들 대표님에게 잘 보이려고 귀찮게 구는 걸 저도 봤으니까요."

차준혁이 보여준 사업배포라면 도시 재개발은 현재 지역만으로 끝나지 않을지도 몰랐다. 하청건설사들은 향후에도 인맥을 유지하고 좋은 지역을 선점하기 위해서 차준혁의 눈에 들길 바랐다.

물론 추측일 뿐이지만 지금까지 모이라이의 행보라면 그들의 행동도 당연했다.

"좀 많이 귀찮긴 했죠."

"지금 약속도 마찬가지 아니에요?"

주태진을 기다리는 중이었다. 애초부터 할 일도 많지 않았을 텐데 자신이 한 일로 자랑해댈 것이 분명하다. 물론 차준혁도 그 점은 예상하고 있었다.

"양반은 못 될 사람이네요."

그때 VIP라운지 입구로 주태진과 보좌관 김우환이 걸어왔다.

"하하하. 지난밤에는 편히 주무셨습니까."

주태진은 기분이 좋은지 입가에서 웃음이 그치질 않았다. 기지회의 파멸로 인해 장애물이 없어졌다고 생각했기 때문이다.

"그럭저럭 잘 잤습니다."

"일도 많으실 텐데 편히 주무셔야 하지 않겠습니까."

괜한 걱정이 던져지자 차준혁은 입을 가리며 입가로 쓴 웃음을 지었다.

"신경 써주셔서 감사합니다. 그보다 무슨 일로 연락주신 건가요. 혹시 그 일이 벌써 처리된 겁니까?"

용건을 묻자 주태진은 자신만만하게 더욱 그윽한 미소를 지어 보였다.

"제가 힘을 좀 써봤습니다. 부산 쪽은 더 이상 불필요한 말들이 나오지 않을 테니 걱정하지 않으셔도 됩니다.”
“정말로 빨리 해결하셨군요.”
몇몇 상인들의 불만이라고 해봤자 보상액수에 관한 욕심으로 생긴 것이다. 해당금액은 모이라이에서 적정선으로 책정하여 공표했다. 당연히 특정인원만 그 이상으로 정정해줄 수는 없었다.
“이번 일의 결과로 제 능력을 높이 사주셨으면 합니다. 물론 다음에도 이런 일이 있을 때에 절대로 실망시켜드리지 않을 겁니다.”
아버지뻘인 그가 굽실거리는 행동을 보이자 차준혁은 미간이 찌푸려질 뻔했다.
‘정말 못할 짓이로군.’
그에게 티를 내면 안 되기에 차준혁은 생각만 하고 살짝 미소를 지어 보였다.
“이렇게만 해주신다면 나쁠 것이 없죠.”
둘의 대화가 오가는 사이 VIP라운지 벽면에 스크린에서 뉴스가 나오는 중이었다. VIP회원들이 대부분 정경제계에 속한 이들이다 보니 고정적으로 채널이 정해져 있었다.

[지난밤 부산항에서 마약적발과 함께 주모자인 기XX회사장 임XX 씨와 김XX 씨의 체포영장이 떨어졌습니다. 하지만 이후에 행적이 밝혀지지 않아 수배가 내려질 것이라고 경찰은 발표했습니다.]

잠시 TV로 시선을 옮겼던 주태진의 입가에 비릿한 미소가 지어졌다. 그걸 본 차준혁은 무슨 이유 때문인지 누구보다 잘 알고 있었다.

'언제까지 웃을 수 있는지 보자.'

주태진은 TV에서 시선을 떼며 완전히 질린다는 표정으로 입을 열었다.

"저런 쓰레기 같은 존재들은 세상에서 없어져야 마땅하지요. 안 그렇습니까?"

"기지회라는 조직의 임백호 사장이라면 부산에서 유명하다고 아는데, 주 의원님은 혹시 모르시나요?"

질문을 던지자 지금까지 웃던 주태진의 표정이 미묘해졌다. 같은 부산 하늘 아래 완전히 모른다고 할 수가 없는 노릇이기 때문이다.

"면식은 있습니다만 제가 워낙 싫어하는 족속들이라 관심이 가지는 않았습니다."

"그러셨군요. 하지만 제가 들었던 소문으로는 주 의원님과 밀접한 관계가 있다고 하던데……."

그 말로 애매했던 주태진의 얼굴이 굳어진다. 물론 관계에 대해서는 사실이지만 대외적으로 최대한 들키지 않도록 행동했기 때문이다.

"절대 아닙니다! 제가 그럴 리가 없지 않습니까!"

과한 부정은 긍정과 같다고 할 수 있었다.

그럼에도 주태진은 너무 놀라서 생각할 겨를도 없이 부정부터 했다.

"그저 소문으로만 들었을 뿐이니 흥분하지 마시죠."

"하하하… 죄송합니다. 너무 놀라서 그만."

차준혁은 그런 주태진의 대답을 들으며 신지연에게 눈짓을 줬다. 무슨 의미인지 눈치챈 그녀는 자리에서 일어났다.

"업무연락이 있어서 잠시 실례 좀 하겠습니다."

그녀가 나가자 차준혁은 다시 말을 이어나갔다.

"아무튼 주 의원님께 필요할 일이 생기면 또 부탁드려야겠군요."

"맡겨만 주십시오."

드디어 연줄을 이었다고 생각한 주태진은 속으로 환희에 찼다.

"응?"

그때 라운지 입구 쪽에서 정장차림의 사내 2명이 걸어오고 있었다.

사내들이 멈춰선 곳은 차준혁과 주태진이 앉아 있던 자리였다. 김우환이 그들을 보고 먼저 일어나 앞을 가로막았다.

"무슨 일이십니까?"

"부산검찰청 공현준 검사라고 합니다."

"수사관 김필수입니다."

"검찰청에서 무슨 일로 오셨죠?"

신분증을 내보인 공현준 검사는 품속에서 서류를 한장 꺼내어 보여줬다.

"주태진 씨를 뇌물수수 및 공여에 대한 법률위반으로 체포하겠습니다."

"뭐요?"

얼토당토 않는 설명에 김우환과 더불어 소파에 앉아 있던 주태진까지 깜짝 놀랐다.

"아, 그리고 덤으로 알려드리자면 부인 되시는 오진서 씨께서 간통죄로 기소하셨습니다."

"그, 그게 무슨……."

"자세한 이야기는 검찰청으로 가셔서 천천히 들으시면 이해가 되실 겁니다. 김 수사관."

철컥!

검사의 지시에 김필수 수사관은 수갑을 꺼내서 주태진의 손목에 채웠다. 너무 어이가 없는 상황 때문에 주태진은 거부할 틈도 없이 체포되고 말았다.

"이게 무슨 짓인가? 내가 뇌물이라니!"

"체포영장 보시면 아시지 않습니까. 뭘 하시든 일단 검찰청으로 가셔서 이야기하시죠."

수사관은 그런 주태진을 일으키더니 억지로 끌고나가려 했다.

그 순간 김우환은 가만히 있을 수 없어 수사관의 행동을

저리하려 움직였다.

하지만 그 앞을 공현준 검사가 먼저 가로막았다.

"공무집행 방해로 같이 잡혀 들어가시고 싶으시면 계속 해보시죠."

상황이 이렇게 된 이상 김우환은 남아서 수습할 준비가 필요했다. 그 때문에 더 이상 나서지 못하고 주태진에게 말을 해주었다.

"의원님. 제가 바로 알아보겠습니다. 너무 걱정하지 마시고 기다려주십시오."

"알겠네. 김 보좌관. 부탁하네. 그리고 차 대표님 뭔가 오해가 있는 것 같으니 염려하지 마십시오."

그들이 VIP라운지를 완전히 나가자 차준혁은 얼굴이 보이지 않도록 가리고 몸을 들썩였다.

업무연락을 마치고 돌아온 신지연도 주태진이 끌려간 것을 보았다. 차준혁의 옆으로 다가와 귓속말로 조심스럽게 말했다.

"여기서 참지 마시고 방으로 들어가서 웃으세요."

주태진이 잡혀가는 이유는 바로 차준혁 때문이다. 지금까지 미행을 하면서 뇌물을 받아왔던 증거들과 계좌까지 털어 익명으로 검찰청에 넘겼다.

물론 그것만이 아니었다. 부인의 간통기소까지 포함되어 있었다.

임백호가 주태진을 까내기 위해 준비했던 증거를 다른

곳에서 가로채 부인에게 직접 보내버린 것이다.

"크크크……!"

하지만 차준혁은 공공장소라 대놓고 웃지 못하고 여전히 몸만 발작을 일으킨 듯이 들썩이고 있었다.

따라올 거면 따라와 보시지

“정말 가관이군.”

구정욱은 모이라이 정보팀 사무실에서 지금까지 수집된 자료들을 보며 혀부터 찼다.

“진짜로 말도 안 되는 일들이 벌어지고 있었죠.”

그건 차준혁도 마찬가지였다. 자신이 주도하여 수집한 자료였지만 많은 것을 떠나 무시무시한 증거들이기 때문이다. 이에 지경원은 부산에서 일어난 일들부터 정리하여 말해주었다.

“일단 부산의 기지회와 주태진 의원은 끝장난 상태입니다. 거기다 무역라인으로 들어오는 마약루트까지 끊어버렸으니 한동안은 조용할 겁니다."

옆으로 서 있던 신지연과 주경수도 이해가 되는지 고개를 끄덕였다. 부산에서는 경찰이 기지회의 사무실을 급습했을 때 찾아낸 자료들을 모두 수거했다.

경찰 중에 겨레회의 일원들이 포함되어 있던 덕분에 증거를 카피하기는 어렵지 않았다. 거기서 기지회의 자금운용에 대한 증거를 찾아낼 수도 있었다.

물론 구정욱이 놀란 이유는 그런 증거만이 아니었다. 임백호의 핸드폰 안에서 경남 쪽 정치인과 기업인들의 부정(不正)이 잔뜩 나왔기 때문이다.

"이것도 같이 검찰청에 풀어버리도록 하죠."

차준혁의 결정에 구정욱은 살짝 걱정되었다.

"하지만 정치계에 커다란 파문이 생길 텐데 괜찮겠나? 이런 문제는 절대로 작지 않게 끝날 것이야."

핸드폰의 증거만으로 경남의원들은 절반 이상 아작 날지 몰랐다. 거기다 기업인들까지 들어 있으니 검찰수사까지 이뤄지면 경제 쪽으로도 상당한 여파가 예상되었다.

"기지회에서 약점을 잡고 있었다면 야계와도 연관된 인물들일지 모르잖습니까."

아직까지 야계의 정체에 대해서 파악되지 않았다.

그동안 겨레회에서도 기지회에 대해 짐작만 하고 건드리지 못했다. 이제 완전히 무너뜨리게 되었으니 흔적이 보일 만한 사항이라면 들춰보는 것이 좋았다.

이지후는 그 말을 이해하며 입을 열었다.
"알았어. 이전처럼 뿌리면 되지?"
"부탁해. 그리고 기지회의 자금운영도 저번에 만든 프로그램으로 돌려봐."
"OK!"
차준혁이 부산 출장을 가 있던 사이 이지후는 잠수와 같았던 휴가를 마치고 돌아왔었다. 지금은 충분히 쉬었는지 자신 있게 대답해 보였다.
"다른 분들은 본래 업무로 복귀해주시면 됩니다."
기지회와 부산의 일은 정리됐다. 이제 자료만 분석해서 야계의 흔적이 있는지 찾아내면 되었다. 그런 대답에 지경원이 말을 이어나갔다.
"그렇다면 최근에 신경 쓰이는 일이 있어서 보고를 드릴까 합니다."
"뭔데?"
지금까지 지경원은 업무에 대해 따로 보고하지 않고 알아서 처리해 왔다. 처음으로 의문을 가졌기에 차준혁은 무슨 일인가 살짝 걱정했다.
"3주 전부터 저희가 매수하는 주식마다 따라붙는 회사들이 있습니다."
"규모랑 움직임은 어느 정도인데?"
모이라이도 사람이 운영하는 회사이다 보니 주식매수정보가 새어 나갈 수도 있었다. 특히 소액주주들이라면 어디

선가 그런 소문을 듣고서 움직일 수 있었다.

“규모는 저희가 매수하는 금액에 30% 정도인데 초반부터 따라붙어 막판에 빠지고 있습니다. 다행히 주력매수는 아닙니다. 자체투자 주식으로만 끼어드는 상황입니다.”

주식은 매수했던 금액에서 매각한 금액의 차액으로 이득을 본다. 일종의 치고 빠지기 방식으로 얍삽하긴 하지만 표면적인 준법절차상 문제는 없었다.

“타이밍이 너무 절묘한데. 누군지는 알아놨어?”

“MAS컴퍼니라고 소유주가 한국계 미국인 게이든이란 사람으로 되어 있습니다.”

소유주까지도 필요하지 않았다. 차준혁은 회사의 이름만 듣고 감을 잡을 수 있었다. 회귀 전에 들어본 회사이기 때문이다.

“남송그룹이네요.”

“그걸 준혁 씨가 어떻게 알아요?”

단번에 나온 대답에 신지연은 고개를 갸웃거렸다.

“제 단독정보망으로 알아냈던 골드라인의 페이퍼컴퍼니 중에 하나예요.”

“아…….”

신지연은 차준혁의 대답이 미래를 뜻한단 것을 알고 있었다. 그래서 더 이상 묻지 않고 조용히 쳐다봤다. 이에 지경원은 무슨 의미인지 이해하고 말을 덧붙였다.

“그럼 남송에서 저희를 노리고 있다는 의미군요.”

“직접적으로 남송 회장이 움직이는 것은 아니야. 거기 실소유주는 남진수이지.”

현재 남송그룹은 차준혁에게 분식회계 장부가 약점으로 잡혀 움직이기가 힘들었다. 그런 상황에서 문제가 될 만한 주식매수를 남송 회장이 지시할 리가 없었다.

물론 그들은 차준혁의 정체를 몰랐지만 말이다.

“남진수가 독단적으로 움직였겠군.”

구정욱도 그런 상황을 알기에 대략적으로 짐작했다.

“그래도 움직인 것이니 대가를 치르게 해줘야죠. 물론 우리를 따라한 대가도요.”

상대방의 정체까지 명확하게 알고 있으니 어렵지 않았다. 물론 정보가 새어 나간 방법을 찾아야 했다.

“지시를 내려주시면 움직이겠습니다.”

“일단 우리만 그런 상황인지 알아봐. 잘못하면 장부의 위치가 들킬 수도 있으니까.”

당한 순간 그대로 돌려주면 추측이 어렵지 않았다. 아직은 골드라인에게 모이라이의 진짜 정체를 들키면 안 되니 조심할 필요가 있었다.

“마셔!”

알록달록한 불빛이 비춰지는 룸으로 남진수의 말이 울렸

다. 좌우로 앉은 사내들이 여자들과 같이 술잔을 부딪쳤다.
다들 흥에 겨워 연거푸 술을 비우기 바빴다.
"이번에 진짜 대박!"
그러던 중에 남진수의 대학동기이자 KD중공업의 본부장인 기태진이 소리치며 말을 이었다.
"너 덕분에 용돈벌이가 완전 쏠쏠하다."
"내가 말했잖아. 정보만 확실하면 따라붙기만 해도 충분하다고 말이야."
자신만만한 대답에 다른 친구들은 다시 잔을 들어서 이번 일을 축하했다.
"우리 이대로만 쭉 가면 되는 거지?"
"야! 야! 이걸로 만족할 거냐?"
남진수는 다른 생각이 있는지 친구에게 되물었다.
"왜? 이익을 더 얻을 수 있는 거야?"
"너희들은 잠깐 나가 있어봐."
여자들은 그 말을 듣고 자리를 비웠다. 그렇게 남진수와 더불어 친구 3명만이 자리에 남았다.
"이참에 규모 좀 키워보자."
"규모를?"
"모이라이에서 노린 회사 지분을 우리가 확실하게 먹어보자는 거지."
지금까지 남진수는 친구들에게 투자를 받아 차익만 노려왔다. 그러다 욕심이 더욱 커져 모이라이가 지분을 확보할 회사를 아예 삼킬 생각이었다.
"우리가 먹어서 뭐 하게?"
하지만 친구들은 이해가 되지 않았다.
처음부터 이번 일은 자신들의 자산만 불리는 목적이었기 때문이다. 거기다 주식매수로 흔들릴 회사라면 자신들에게도 필요가 없었다.
"우리한테 쓸모 있는 회사를 먹자는 거지. 사실 이번에 내가 진짜 대박 정보를 하나 건졌거든."
"그게 뭔데?"
다들 귀가 솔깃한지 들고 있던 술잔을 내려놓고서 머리를 모았다.
"모이라이에서 통신기업과 기기생산기업을 인수한다는 정보가 있어."
"거긴 왜?"
현재 통신사업의 핵심은 핸드폰이었다. 폴더나 슬라이드 등으로 매 해마다 신기종이 출시되었다.
하지만 그것도 포화상태에 이르러 비전이 없으면 쉽게 무너져버리고 말았다. 당연히 그들이 생각할 때에는 건드려봤자 쓸모가 없어 보였다.
"왜인지는 조금 더 파봐야 알 거야. 너희들도 알잖아. 모이라이에서 손댄 사업! 실패한 경우 봤어?"
그 물음에 남진수의 친구들은 고개를 저었다.
지금도 모이라이는 각종 사업으로 규모를 부풀려 갔다.

거기다 첫 합병사업인 로드페이스의 의류 및 섬유사업은 거의 독점적으로 세계시장으로 퍼져 나가 어떤 기업과도 견주기가 힘들었다.

"어떤 기업들인지는 확인해봤어?"

"정확하게 나오면 알려줄게. 그보다 이번에도 같이 가는 거지?"

남진수는 어떤 때보다 확신을 전하며 물었다.

"얼마나 부어줘야 하는 거야?"

"주식매수가 가능한 회사면 조금만 대줘도 되는 거 아니야?"

그래도 살짝 신뢰가 되지 않는지 친구들은 긴가민가하며 쳐다봤다. 이에 남진수는 조심스럽게 말을 꺼냈다.

"적어도 너희들이 그동안 먹은 거에서 80%는 내줘야 해. 그리고 난 아버지한테도 말해볼 참이다."

"남 회장님한테?"

다들 깜짝 놀라면서 되물었다. 남송 회장이 이번 건에 나선다면 남진수의 정보가 진짜라는 의미였다.

"매수기업이 어디인지하고 비전이 뭔지만 알아내는 대로 말씀드릴 생각이야."

"도대체 어떤 정보통인데 거기까지 아는 거야? 혹시 나중에 문제가 되는 것 아니야?"

당연히 신기할 수밖에 없었다.

그런 물음에 남진수는 미소를 지어 보이며 다시 입을 열었다.
"출처는 걱정하지 마라. 어떤 정보보다 확실하고 안전하니까."

—…어떤 정보보다 확실하고 안전하니까.
남진수는 차준혁이 MAS컴퍼니의 정체를 알아내면서부터 감시를 당하고 있었다.
"그걸 노리고 있었나?"
도청 내용을 사무실에 확인하고 그의 새로운 목표가 무엇인지 알게 되었다. 그걸 같이 들은 신지연은 이해가 되지 않아 차준혁을 보며 물었다.
"우리 회사에서 통신사업도 준비하고 있었어요?"
주로 차준혁의 스케줄만 관리하다보니 모이라이의 전반적인 사업운영은 모르기 때문이다.
"전부터 준비만 하고 있었죠. 그런데 그 정보가 빠져나갈 줄은 생각도 못했네요."
통신기기 사업은 미래에서 스마트폰으로 어떤 사업보다 큰 힘을 가졌다. 거기다 곧 있으면 해외에서 첫 스마트폰이 출시될 예정이었다.
그 예정까지 대략 2년 정도 남았기에 차준혁은 슬슬 준비하고 있었다.

"이 사업이 성공할 수 있는 건가요?"

"엄청날 거예요. 그보다 정보가 어떻게 새어 나간 것이지가 문제네요."

지금까지는 남진수가 주식매수의 차익만 나눠먹었을 뿐이었다. 그러나 이번에는 직접적으로 모이라이의 목표를 채가겠다고 나섰다.

'이거… 직원들을 사찰할 수도 없고…….'

나름 심각한 문제였다.

모이라이는 직원들을 자유롭게 풀어놓는 체계로 만들었기 때문이다. 일단은 남진수를 계속 미행하여 정보를 얻게 된 과정을 밝혀내는 방법이 우선이었다.

"무슨 생각을 그렇게 해요?"

차준혁이 잠깐 멍하니 있자 신지연은 조심스럽게 물었다.

"그냥요. 일단 주식정보가 어디까지 취급되는지 확인부터 해봐야겠어요."

"지경원 본부장을 부를게요."

"아, 통신사업 관계자들에 대한 자료도 같이요."

잠시 후에 호출된 지경원은 곧바로 차준혁의 사무실로 들어왔다.

"부르셨습니까."

"여기 앉아봐라."

차준혁은 그가 앉는 것을 보며 입을 열었다.

"IIS에서 도청내역이 왔는데 사태가 만만치 않다."

"무엇 때문에 말입니까?"

지금까지 들었던 도청 내용이 그에게 설명되었다.

이에 지경원의 표정이 미묘하게 변했다. 사이코패스이기에 격한 반응은 없었지만 차가운 분위기가 흘렀다.

"통신사업 기업매수 건은 어느 선까지 관리하고 있던 거야?"

"일단 저부터 주력투자 부서원들이 관리 중입니다."

주력투자는 차준혁이 따로 지시하는 사업만 관리하는 부서였다. 나름 입이 무거운 사람들로 구성되었을 것인데 지금과 같은 결과가 나왔다.

"정말 면목이 없습니다."

지경원은 자신의 잘못이라 여기며 고개부터 깊게 숙였다.

"아니야. 먼저 그 직원들 인사기록부터 좀 줘봐. 남진수와 관련된 사람이 있는지 확인해봐야지."

정말 사내기밀 유출이 원인이라면 이미지가 깎일 각오까지 하고서라도 찾아내야 했다.

"여기 있습니다."

그렇게 차준혁은 지경원에게 인사기록을 받아 자세히 살펴봤다. 출신학교나 유학과정에서 남진수와 겹치는 부분은 없었다.

"누굴 만나는지 기다려보는 수밖에 없는 건가?"

"이지후 팀장님에게 직원들을 조사해보라 요청할까요?"

"그건 안 돼."

지금 이지후에게 맡긴다면 분명히 해킹이었다. 흔적을 남기지는 않겠지만 정보팀을 통해 일반사원들에게 소문이 돌지도 몰랐다. 내부에서 만큼은 어떤 불신도 만들지 말아야 했다.

"하지만 제가 뽑은 사람들 중에 산업스파이가 있다는 말입니다. 어떤 식으로든 찾아내야 하지 않을까요?"

지경원은 사태의 심각성 때문에 강경한 결정을 내리려는 것 같았다. 물론 차준혁도 그 마음이 이해되었지만 나름 내부에서 더욱 조심할 필요가 있었다.

"아무튼 기다려보자고. 나도 방법을 따로 강구해볼 테니까."

정말 어쩔 수 없다면 관련된 직원들의 행적을 파보는 수밖에 없었다. 그렇게 차준혁은 결정을 내리면서 지경원의 반응을 살폈다.

"그럼 가만히 있습니까?"

"아니지. 정보가 노출된 이상 그대로 진행해서는 안 되잖아. 녀석에게 혼선을 줘야지. 그리고 진행을 좀 더 앞당겨야겠어."

원래는 과일이 무르익으면 딸 계획이었다.

하지만 정보가 타인에게 드러났으니 기다릴 수 없었다. 먼저 통신사업으로 점찍어둔 기술자부터 포섭할 필요가 있었다.

"내가 예전에 말했던 전문기술자들에 대해서도 담당직

원들이 알고 있어?"

"아닙니다. 제가 따로 보관하고 있었습니다."

지경원은 회사 내에서 차준혁과 구정욱, 이지후를 제외한 누구도 믿지 않았다. 그래서 중요자료는 자신의 사무실에서 보안이 철저한 개인금고에 보관해뒀다.

"잘 했네. 그 사람들을 바로 스카우트해. 연봉은 원래 계획보다 2배인 5억으로 해주고 말이야."

사람은 능력에 걸 맞는 대우가 있어야 한다. 그보다 과한 대접이 주어지면 착한 사람도 욕심이 생길 수 있었다.

그 때문에 차준혁은 적절한 타이밍을 기다려 적정선의 연봉으로 스카우트해오려 준비했다. 하지만 일이 틀어졌으니 급하게 움직여야 했다.

"제가 따로 진행하겠습니다. 그럼 기업선별 건은 어떻게 할까요?"

일단 직원들 중에 누가 정보를 유출했는지 몰랐다. 지경원은 이번 일에 책임을 지고 혼자 움직여 처리할 생각이었다.

"원래는 ST통신이었잖아. 거기 말고 경영 상태가 아슬아슬한 곳으로 몇 군데 더 건드려봐."

정보의 혼선은 교란이 기본이었다. 하나만이 아니라 여러 곳을 시야에 두도록 만들어서 헷갈리도록 만들 생각이었다.

"알겠습니다."

"너무 무리는 하지 마라."

"그럼 실례하겠습니다."

지경원이 밖으로 나가자 차준혁은 소파에 깊게 기댔다.
"…괜찮으세요?"
조용히 있던 신지연이 물었다. 그녀도 걱정이 되어서 조심스런 목소리였다.
"일이 좀 복잡하네요."
"제가 도와드릴 일은 없나요?"
그녀는 비서였기에 도움을 청하기가 힘들었다.
"괜찮아요. 그보다 남진수를 얕잡아 봤는데 조금 높게 살 일을 벌였네요."
"이제는 어떻게 하시게요?"
차준혁은 지경원과 대화를 하면서 대략적인 계획을 구상했다.
"아까 말한 것처럼 해야죠."
어떤 경우든 신지연은 차준혁을 믿었다. 그래서 더 이상 말을 하지 않고 조용히 있었다.

한편, 지경원은 자신의 사무실로 돌아와 주력투자부서로 연락을 넣었다.
부서인원은 총 5명으로 팀장 송재운과 주임 김지희, 팀원인 조민영, 최상훈, 이영진으로 구성되어 있었다.
그들은 지경원의 갑작스런 연락으로 정신없이 준비하여

회의실로 모였다.

"본부장님께서는 준비 완료되셨습니다."

팀장인 송재운은 바싹 긴장한 얼굴이었다.

"통신사업에 관해 매수할 기업을 추가할 것입니다. 괜찮은 기업이 있나요?"

투자부서에는 그에 관하여 여러 기업들의 재정 상태를 정기적으로 업데이트하고 있었다. 그래서 담당직원인 김지희가 해당 자료를 찾아 읊기 시작했다.

"원래 매수 준비를 작업 중이던 ST통신 외에 KG통신과 매직통신이 있어요. 두 기업도 HM텔레콤과 LK통신에게 최근 신기종 경쟁으로 밀려 주가 하락세가 이뤄지는 중이에요."

해당사항이 화면에 비춰지자 지경원은 서류와 함께 읽으며 살펴봤다.

"나쁘지 않군요. 지금부터 두 기업 전부 매수 준비를 해주세요."

그 지시에 송재운 팀장은 의문을 가지며 되물었다.

"하지만 ST통신을 곧 있으면 깔끔하게 매수할 수 있는데, 굳이 다른 기업까지 매수할 필요가 있을까요?"

ST통신에 투입된 자금만도 300억이 넘었다. 경영진과도 협의가 웬만큼 진행된 상태라서 문제없이 인수할 수 있었다.

물론 인력을 그대로 인수받기로 하고 비밀리에 진행한

프로젝트이기에 밖으로 새어 나가지는 않았다. 그런 상황에서 다른 기업을 매수 준비하기란 자금만 쓸데없이 낭비될 뿐이었다.

"가능하다면 추가로 인수하여 규모를 키우려는 것입니다."

"통신사업은 모이라이로서도 상당한 모험입니다. 시작부터 덩치를 키우면 위험부담이 클 수 있습니다."

팀원들은 지경원보다 나이가 많았다. 그리고 경영이나 투자에 대해서 실제 경험이 더 풍부했다. 통신사업이 포화상태인 현재 상황에서 통신기업을 추가로 인수하라는 지시가 이해되지 않았다.

"저 혼자만의 결정이 아니라 대표님이 직접 내리신 결정입니다."

"대표님이 말입니까?"

차준혁은 모든 모이라이 직원들에게 기적과 같은 인물이었다. 당연히 그런 사람이 아무런 이유도 없이 지시를 내렸을 것이라고 생각할 수는 없었다.

"이해되셨다면 움직여주세요. 우리의 추가 목표는 KG와 매직통신입니다."

결정이 내려지자 팀원들의 고개가 끄덕여졌다. 그러면서 몇몇 사람들에게서 한숨이 흘러나왔다. 지금까지 해온 ST통신 매수작업처럼 똑같이 해야 했기 때문이다.

"아… 송 팀장님은 결혼 준비는 잘되어 가십니까?"

조금 처진 분위기를 조금 바꿔볼 생각인지 지경원은 앞에 놓인 서류를 내려놓으며 물었다. 그 물음에 고민하던 송재운이 고개를 들었다.

"그럭저럭 되고 있습니다. 신경 써 주셔서 감사합니다. 본부장님."

송재운 팀장은 3개월 있으면 결혼할 예정이었다. 사이코패스인 지경원은 감정에 대한 공감이 힘들어 그런 부분으로 직원들을 신경 써 줬다.

"프로젝트가 길어져도 제가 대리 업무를 볼 것이니 결혼식이나 신혼여행은 걱정하지 마세요."

"아닙니다. 그 전까지 꼭 끝내놓도록 하겠습니다."

물론 지경원의 실력이 걱정되어서가 아니었다. 송재운도 나름 부서를 책임지는 팀장으로서 스스로 일에 대한 의무감이 있었다.

그렇게 회의는 끝났다. 지경원과 팀원들은 각자 자신의 사무실로 돌아갔다. 그 사이 송재운은 책상 앞에 앉으려다 복도로 나가 핸드폰을 꺼내들었다.

뚜르르르르… 뚜르르르르…….

예비신부인 최이슬에게 전화를 걸기 위해서였다. 그런데 신호음만 계속 나올 뿐이었다. 요즘 들어 통화가 어려웠다.

"오늘도 야근인 건가?"

최이슬도 직장을 다니고 있었다. 야근이 없는 모이라이와 달리 평범한 기업이라 늦게 끝나기 일쑤였다. 특히 요즘 들어 전화를 받기 힘들 정도로 야근이 많아 송재운은 걱정되었다.

띠~!

"오늘도 야근인가보네요. 너무 무리하지 말고 적당히 일해요. 사랑해요!"

결국 송재운은 언제나처럼 음성메시지만 남기며 전화를 끊었다.

"오늘도 활활 타오르시네요. 후후후."

어느새 문틈으로 얼굴을 내민 김지희 주임이 그를 보며 말했다.

"아… 그게."

머쓱해진 송재운은 붉어진 얼굴을 하고서 뒷머리만 긁적였다.

"소개팅으로 만나셔서 열심히 구애하셨다더니 이러다 꽉 잡혀 사시는 것 아니에요?"

"큼! 큼! 내가 잡혀 살아야지 어쩌겠어."

송재운은 35살, 최이슬은 26살로 나이차가 9살이었다. 지인의 소개로 만났다고 해도 이뤄지기 쉽지가 않았다. 그 때문에 송재운은 소개팅에서 만난 최이슬에게 반해서 야근이 없던 만큼 매일같이 그녀의 회사 앞으로 찾아갔었다.

부서회식까지 마다하며 찾아간 열의 때문에 팀원들도 송재운의 열정을 잘 알고 있었다. 그로 인해 송재운은 사귄지 얼마 되지 않아 결혼까지 약속하게 되었다.

"하여튼 대단하세요. 그런데 오늘도 일거리 들고 집에 가실 거예요?"

"우리 회사는 야근 금지잖아."

"자료는 웬만큼 수집되어 있으니 다음 날 하셔도 되잖아요. 그냥 퇴근해서 좀 쉬세요."

다른 기업보다 언제나 한발 앞서 있는 모이라이에서는 야근이 필요 없었다. 그럼에도 송재운은 일에 대한 열의 때문에 매번 자료를 집에 가지고 가서 수차례 검토해 왔다.

"혹시나 일이 틀어질 수도 있잖아. 몇 번이고 확인해봐야지."

"참으로 대단하세요. 아무튼 저는 먼저 퇴근할게요."

김지희와 더불어 다른 팀원들도 하나둘 가방을 들고 나오기 시작했다. 뒤를 이어 송재운도 프로젝트 자료를 챙겨서 회사를 나섰다.

띠링!

한참 동안 테이블 위에서 진동해대던 핸드폰은 음성메시지 알람만 울리며 조용해졌다. 그 옆으로 격한 신음소리가 울리더니 한 여인이 옆으로 퍼지듯 드러누웠다.

"하아… 하아……."

여인은 바로 송재운의 약혼녀인 최이슬이었다. 그녀는

거친 숨소리를 집어삼키며 방금 전까지 격한 정사를 나눈 사내의 가슴을 끌어안았다.

"무슨… 걱정이라도 있어요?"

그 물음에 사내는 담배 하나를 꺼내 입에 물었다.

"후우~! 일이 제대로 안 풀려서 말이야."

최이슬은 걱정스런 얼굴로 그를 쳐다봤다.

"저번에 알려준 걸로도 부족해요?"

"당신도 잘 알잖아. 모이라이가 만만한 회사도 아니고, 고작 그 정도 정보만 가지고 어떻게 할 수 없어."

사내는 바로 남송그룹의 장남 남진수였다. 그동안 모이라이의 주식투자 정보를 알아낼 수 있었던 이유는 주력투자부서 송재운 팀장의 약혼녀를 꼬셔냈기 때문이다.

"필요한 게 있으면 말만 해요. 제가 알아봐줄게요."

"당신 애인한테서 말인가? 방금 전에도 전화한 것 같던데."

테이블에 놓인 핸드폰으로 최이슬의 시선이 살짝 옮겨졌다. 그다지 신경 쓰이지 않는다는 표정이다.

"맨날 저러는 걸요."

"나쁜 여자로군."

"착해서 좋을 것도 없잖아요. 그리고 저는 마음이 시키는 대로 할 뿐일걸요."

남진수는 그런 최이슬의 어깨를 매만지며 미소를 지어 보였다.

"그럼 좀 더 중요한 정보가 필요한데… 가져다 줄 수 있나?"

"말만 하라니까요. 후훗!"

처음에는 최이슬도 송재운의 열정에 져서 결혼할 마음이 었다. 그러던 중에 우연찮은 만남으로 남진수와 인연이 닿았다.

남송그룹의 후계자 남진수와 모이라이의 투자부서 팀장 송재운. 단순한 저울질만으로 최이슬의 마음은 남진수에게 기울었다.

그때부터 지금까지 송재운의 집을 들락거리며 주식정보를 빼돌려준 것이다.

"지난번에 알려준 통신사업과 관련된 프로젝트가 있을 거야. 거기에 대한 모든 정보가 필요해."

"그거면 되는 거예요?"

전혀 대수롭지 않아 보이는 최이슬의 되물음에 남진수의 미소가 더욱 그윽해졌다.

"물론이지. 역시 내가 찍은 여자다워."

"제게 기회를 준 건 당신이잖아요."

"아무런 조건도 없이 말인가?"

남진수는 그녀와 만나 몇 번의 잠자리를 가지고 선물만 조금 해줬을 뿐이었다. 애인이나 다른 뭔가를 보장해준 것이 없었다. 그럼에도 최이슬은 남진수가 원하는 것을 모조리 가져다줬다.

“어차피 당신은 자신에게 쓸모 있는 여자를 원하는 것 아닌가요?”

“그거야 그렇지.”

“그리고 쉽게 움직이지 못하는 대기업 영애보다 저처럼 순종적인 여자가 나을지도 모르죠.”

이번에는 최이슬의 얼굴에 미소가 지어졌다. 그 말만으로 그녀가 원하는 한 자리를 알 수 있었다.

“너하고 결혼이라도 약속해 달라는 말인가?”

“애정도 없을 바에는 그저 시키는 대로 움직이는 여자가 낫지 않아요?”

최이슬은 평범한 집안에서 태어난 것이 언제나 불만이었다. 이후에 공부를 열심히 해서 나름 대기업으로 취직했지만 불만은 여전했다.

그러던 중에 지인을 통해서 송재운을 소개받았다. 송재운은 나이가 9살이나 많았지만 명망 높은 모이라이기업의 투자팀장으로 있었다. 35살에 팀장이라면 차후 임원까지 진급도 가능할지 몰랐다.

당연히 그 가능성을 본 최이슬은 결혼을 승낙했던 것이다. 하지만 남진수를 만나면서 더욱 큰 욕심이 생겼다.

“이번 일만 잘 성사된다면 생각해보지.”

“기대하는 것보다 잘될 거예요.”

가능성이 있다는 대답에 최이슬은 그에게 진한 키스를 해주며 애무를 시작했다.

“주력투자부서 송재운 팀장의 약혼녀?”

차준혁은 남진수를 미행한 IIS요원들이 전해준 정보를 받아들고 깜짝 놀랐다. 그리고 이름을 확인하자 더욱 놀랄 수밖에 없었다.

“최이슬이라면…….”

미래에서 차준혁이 IIS요원일 때에도 알고 있던 이름이기 때문이다.

“누군지 아세요?”

옆에서 신지연은 회사 안을 통해 정보가 빠져나갔단 사실을 알게 되자 놀라고 있던 상태였다.

“제가 과거로 돌아오기 전에 남진수의 부인이었던 여자예요.”

이제 신지연도 차준혁이 미래에서 돌아왔단 사실을 알고 있었다. 그럼에도 지금 말한 것을 듣고 또다시 놀라게 되었다.

“그럼 이번에도 최이슬이란 여자가 남진수하고 결혼한다는 건가요?”

“남송그룹이 우리 회사의 통신사업 계획을 빼어가게 된다면 그렇게 되겠죠.”

최이슬은 본래 미래에서도 자신이 다녔던 회사의 기밀을

남진수에게 바치고 결혼했다. 쉬운 결정은 아니었지만 그녀의 회사가 남송그룹의 새로운 주력 계열사가 된 덕분이었다. 이번에는 미래가 바뀌면서 그녀의 목표가 모이라이로 바뀌었다.

"그런 여자랑 결혼할 생각인 송재운 팀장이 너무 불쌍해요."

"우리가 이 사실을 알았으니 결혼은 하지 못하게 만들어야죠."

정보는 이미 파악되었다. 거기다 차준혁은 미래의 기억으로 대략적인 상황을 알아낼 수 있었다.

'최이슬… 송재운 팀장에게서 정보를 빼냈다 이거지?'

물론 남송그룹과 같이 그녀를 가만히 둘 생각이 없었다. 순수한 사내의 마음을 가지고 논 대가를 치르게 할 생각이었다.

"일은 저번에 말한 대로 진행하면 되는 거죠?"

"지금쯤이면 주식정보가 남진수에게도 들어갔을 테니 슬슬 움직여야죠."

"하지만 남송그룹까지 직접 나선다면 만만치 않을 거예요."

남송그룹도 재계순위로는 국내에서 상위권이다. 거기다 인수계획은 커다란 기업도 아니고 망해 가는 통신기업이니 엄청난 경쟁이 붙게 될 것이다.

"따라올 거면 따라와 보라죠."

"다른 계획이 따로 있는 거예요?"

지금처럼 간다면 모이라이의 프로젝트가 성공할 확률이 아슬아슬했다. 언제나 다른 기업보다 한발 앞서가는 차준혁의 방식과는 차이가 있다 보니 위험했다.

"그건 걱정하지 말아요. 여차하면 우리가 쥔 패도 있으니까요."

차준혁에게는 남송그룹의 분식회계 장부가 있었다. 위험할 때 그것만 뿌려도 남송그룹은 크게 흔들림과 더불어 통신사업에 대한 자금운용도 멈추게 된다.

남송그룹도 바보가 아닌 이상 당장 목이 날아갈 판국에 쓸데없이 움직이지는 않을 것이다.

"알았어요. 그럼 지경원 본부장에게 말해놓을게요."

"그러지 않아도 돼요. 이번 계획은 제가 정보팀을 통해서 지휘할 테니까요."

"직접요?"

지금까지 차준혁은 지시만 내렸을 뿐 직접 움직인 적이 없었다. 당연히 신지연도 잘 알고 있기에 깜짝 놀랐다.

"와일드카드는 진짜 필요할 때 까야죠. 지금 보여주기에는 솔직히 좀 아까워서요."

그 시각 남송 회장은 남진수와 같이 앉아 있었다.

"모이라이가 인수하려는 회사를 뺏자는 것이냐?"

"아버지가 지원해주신다면 충분히 가능합니다."

그 대답에 남송의 얼굴에는 짙은 웃음이 걸렸다.

"역시 내 아들이야. 이 애비도 모르게 그런 계획까지 세우고 있었다니."

"전부 아버지 덕분이죠."

남진수는 그렇게 대답을 하며 계속 이어나갔다.

"일단 ST통신은 모이라이가 거의 차지했지만 미리 손을 써뒀습니다. 이제 매직통신과 KG통신만 우리가 먹으면 모이라이보다 통신사업을 먼저 시작할 수 있습니다."

"헌데… 정말 가능성이 있는 거냐?"

모이라이의 내부정보까지 빼온 것이지만 남송은 기대와 더불어 걱정이 되었다. 통신사업이 포화상태임은 남송도 잘 알고 있었다. 거기다 해명그룹의 HM텔레콤도 있어서 함부로 손을 대기가 힘들었다.

"제가 빼내온 정보에 의하면 모이라이는 통신기업 인수와 더불어 차세대 핸드폰 기술을 도입한다고 했습니다."

"확실한 것이겠지?"

남진수의 표정을 더욱 진지해졌다. 그만큼 이번 계획에 있어서 자신이 있었다.

"모이라이의 정보 중에 외국기업도 있었습니다. 그걸 토대로 알아보니 미국의 MANGO라는 미디어 기업에서도 차세대 핸드폰을 발표 준비 중이라고 합니다."

"오호……."

자세한 상황이 설명되자 남송은 진지한 얼굴로 그를 쳐

다봤다.

"당연히 모이라이는 그 정보로 시작하여 지금처럼 통신 기업을 인수하려 했을 겁니다."

"좋군. 지원해주도록 하지."

"감사합니다. 아버지!"

이제 남진수는 남송의 지원으로 통신기업 인수에 대한 준비를 마칠 수 있었다. 그렇게 결정이 내려짐과 함께 매직통신과 KG통신을 인수하기 위한 작업에 착수했다.

모이라이 투자부서 송재운 팀장은 카페에 앉아 황당한 표정을 짓고 있었다.

"무, 무슨 말이에요. 그게……."

맞은편 자리에는 최이슬이 앉아 차가운 얼굴로 쳐다보는 중이었다.

"방금 전에 한 말을 제대로 못 들었어요? 헤어지자고요."

"갑자기 왜 그런 말을 하냐고요!"

둘은 결혼 날짜까지 잡아놓은 상태였다. 그런데 갑작스럽게 이별 통보를 해오니 송재운으로서는 당연히 당혹스러웠다.

"따로 좋아하는 사람이 생겼어요. 그래서 헤어지자고 하는 거예요."

"어떻게 그런……."

너무 차가운 한마디 한마디가 송재운의 가슴에 비수처럼 꽂혀 들어갔다.

"저는 이만 일어날게요."

멍하니 앉아 있던 송재운은 그렇게 일어나서 나간 최이슬을 쳐다보고만 있을 뿐이다. 다른 사람을 좋아하게 됐다는 말에 붙잡을 수조차 없었기 때문이다.

그러다 한참이 지나서야 일어날 수 있었다. 회사에서 업무를 보다 잠시 나온 것이라 돌아가야만 했다.

한편, 그 광경을 밖에서 지켜보던 사람이 있었다.

"야. 따라 붙어."

IIS의 배진수였다. 남진수를 미행하다가 중요목표가 추가로 생기면서 따라 붙은 것이다.

"진짜 쓰레기 같은 여자네."

그 말에 같이 앉아 있던 김욱현도 혀를 찼다.

"어떻게 저런 여자랑 결혼할 생각을 했는지 모르겠네요."

지금까지 그들이 미행을 하면서 본 최이슬의 행동들은 정말 가관이었다. 최이슬은 회사에 결혼 사실조차 알리지 않았다. 거기다 야근을 한다면서 송재운과 통화를 하더니 고급클럽에 가기 일쑤였다.

대부분 남자들과의 만남이었다. 남진수와도 만나면서 이틀에 한 번 꼴로 몸을 섞기 바빴다. 당연히 배진수와 김욱현은 그 모습을 볼 때마다 혀부터 내둘렀다.
"나중에 저런 여자 만날까봐 무섭다."
"어차피 연애도 못 하시지 않습니까."
운전을 하던 김욱현이 말을 덧붙이자 배진수의 표정이 구겨졌다.
"죽고 싶지 않으면 입 닥쳐라."
"첫! 아무튼 보고부터 올리시죠. 송재운과의 연결이 끊겼으니 정보가 더 이상 나가지는 않을 것 같아요."
그 대답과 함께 배진수는 살기를 띈 채로 핸드폰을 들고 연락을 넣었다.

남송의 특별프로젝트팀 사무실은 분주하게 돌아갔다. 중앙에 앉아 있던 남진수는 메인화면에 뜬 주가변동 그래프를 보며 소리쳤다.
"KG통신과 매직통신의 주식은 얼마가 들어가든 최대한 매수해!"
"알겠습니다!"
다시 강조하는 목소리에 팀원들이 바쁘게 움직이며 매수를 진행해갔다. 주식매가는 처음 5,000원으로 시작해 20,000원이 훌쩍 넘어가면서 엄청난 상승폭을 그렸다. 모이라이도 같이 참가해 가능한 수치였다.

"현재까지 점유율은 어떻게 되지?"
남진수는 부하직원에게 물음을 던졌다.
"KG통신 29%, 매직통신 35%입니다. 상황을 보니 대주주들도 흔들리기 시작한 것 같습니다."
"모이라이도 그 정도 차지했겠네."
"아마도 그럴 거라 생각됩니다."
모이라이의 주식거래 일자까지 최이슬을 통해 남진수에게 들어간 상황이다. 당연히 시작부터 지금까지 따라붙었다.
남진수는 계획이 착착 진행되어가자 미소를 지었다. 물론 아직 긴장을 풀 수는 없기에 주가변동과 매수한 주식량을 계속 파악하고 있었다.
"미리 손을 써놓길 잘했지."
해당기업들 모두 자사가 보유한 주식이 있다. 남진수는 그런 기업중추와도 접촉하여 주가가 일정 수위에 오르면 매각하도록 청탁해놓았다.
예정대로라면 주식의 총량 중에 90% 가까이 장으로 나올 것이다.
"KG통신 39%, 매직통신 42% 돌파했습니다!"
"이대로만 간다면 성공이구나!"
각 기업의 대주주들까지 주식을 던지고 있었다. 남송에서는 그렇게 나온 주식까지 계속 사들이며 모이라이와 경쟁이 붙었다. 하지만 39%, 42%가 넘은 시점에서는 거의 확정이나 다름이 없었다.

“사장님! 각각 50%를 돌파했습니다! 주식은 자잘하게 나오는 중인데 어떻게 할까요?”

“얼마가 들어가든 계속 사들여!”

모이라이도 상당량의 주식을 보유해서 대주주가 될 것이다. 그 때문에 남진수는 모이라이가 최대한 주식을 적게 갖도록 만들기 위해 지시를 내렸다.

“각각 60%가 넘었습니다!”

“뭐?”

그 수치에서 남진수는 놀랄 수밖에 없었다. 물론 지금 상태라면 기업을 인수하는 데에 충분했다. 하지만 모이라이에서도 매수하고 있을 테니 60%라는 수치를 넘기는 힘들었다. 현 상황은 모이라이가 매수를 중단했다는 말과 같았다.

“스톱! 모두 멈춰!”

미묘한 상황에 남진수가 급히 외치자 다들 화들짝 놀라며 모든 행동을 멈췄다. 주가변동 그래프는 계속 움직이고 있었다. 상한선을 타던 선이 조금씩 꺾이는 중이었다.

누군가 주식을 계속 매각하고 있다는 의미였다.

“지금 매각으로 나와 있는 주식량은 어떻게 되지?”

“2만, 3만, 4만. 계속해서 나오고 있습니다.”

“그렇다면 손을 뗐다는 말이잖아. 우리가 나섰다는 걸 알고 포기한 건가?”

남진수에게는 혹시 모를 상황에 대비해 대주주에게 따로 넘겨받은 10% 정도의 주식도 있었다.

"어떻게 할까요?"

"이대로 매수를 모조리 진행해!"

다다다다닥!

그때 갑자기 문이 벌컥 열리더니 남송 회장의 새로운 비서인 오정민이 뛰어 들어왔다.

"사장님. 큰일 났습니다!"

"무슨 일인데?"

"지금 남송중공업 주식이 폭락하고 있습니다!"

오정민의 대답에 남진수는 부하직원을 시켜 상황을 화면에 띄웠다. 그의 말처럼 남송중공업의 주가는 15,000원대에서 10,000원대 이하로 떨어지고 있었다.

이미 크게 흔들리는 상황이다 보니 소주주들이 주식을 던지면서 계속 하락세였다.

"대체 왜 이래?"

"주식시장에 중공업계열사의 회계비리 소식이 돌고 있습니다."

남진수는 그에게 서류를 받아들었다. 거기에는 중공업계열사에서 분식회계 처리되었던 내역들이 기록되어 있었다.

"이런 자료가 진짜일 리가 없잖아!"

하지만 남진수는 분식회계에 대해서 알지 못했다. 그에게 중공업과 시멘트, 유통 계열사가 넘어가기 전부터 회계비리가 있었기 때문이다.

거기다 남송은 회계비리 자료가 타인에게 넘어간 것을

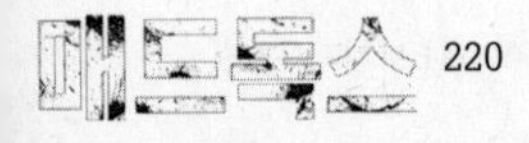

남진수에게 알리지 않았다. 그룹의 치명적인 약점인 만큼 아는 사람이 적을 필요가 있었다.

"회장님께서 지금 당장 통신기업 매수를 중단하고 중공업계열사 주식을 방어하라고 지시하셨습니다."

"그런…! 이제 다 성공했는데."

분한 것은 어쩔 수 없지만 중공업계열사는 남송그룹의 모체였다. 거기다 계열사가 무너지기라도 한다면 경영부실로 금융감독위원회의 조사가 진행될지도 몰랐다.

실제로 계열사 회계비리가 존재했기에 그런 가능성을 철저하게 배제시킬 필요가 있었다. 거기다 그룹의 유동 가능한 현금은 통신기업을 매수하는 데 대부분 써서 다시 매각하는 방법뿐이다.

"크윽…! 어쩔 수 없지. 모두 KG통신과 매직통신 주식을 매각시켜! 그리고 남송중공업의 주식을 매수하도록 해!"

차준혁은 정보팀 사무실 가운데 앉아 메인화면에 뜬 남송중공업의 주가변동그래프를 보며 외쳤다.

"이때야! 사들여!"

타다다다닥! 타다다다닥!

팀원들은 그 말을 듣자마자 빠르게 자판을 움직여댔다. 화면이 빠르게 바뀌면서 모이라이는 하락세로 떨어진 남송중공업의 주식을 사들였다.

"고작 남송을 상대하는데 우리가 보유한 현금을 쓸데없이 사용할 필요는 없지."

KG통신과 매직통신은 밑밥에 불과했다. 처음부터 차준혁은 매수를 시작하는 척하고 실질적으로는 남송중공업의 주식을 회계비리 장부로 하락시킨 후에 사들일 계획이었다.

"일부러 페이크를 쓰신 거군요."

지경원도 차준혁의 방식에 놀라고 있었다. 고의로 남송그룹이 통신기업 매수를 하는 데 앞지르도록 만들었다. 그쪽에서는 당연히 자신들이 이겼다고 자만하기 시작했을 것이다. 그러나 차준혁이 노린 기업은 애초에 ST통신 하나뿐이다.

"대표님. 남송에서 ST통신의 감압식 시스템 특허권만 따로 사들인 것은 어찌하실 생각입니까?"

본래 ST통신에서도 차세대 핸드폰을 준비하고 있었다. 이에 스크린을 눌러 화면유동을 주는 감압식 시스템을 개발하여 특허권을 보유했다.

지경원도 정보팀의 운용으로 남진수와 그런 ST통신이 보유했던 특허권의 관계를 알고 있었다.

"우린 그 시스템을 쓰지 않을 거니까 상관없어."

차준혁에게는 미래의 기억이 있었다.

처음에는 감압방식 국내 스마트폰으로 다수 적용되지만 차후에는 아니었다. 감압방식이 모두 사라지고 정전방식만이 살아남게 된다. ST통신에게 필요했던 것은 기술을

개발하는 힘과 인력뿐이었다.

"그럼 무엇으로 시스템을 쓰시려고요?"

신지연의 물음에 지경원이 대신 대답을 해줬다.

"일전에 접촉해서 스카우트해놓은 연구원들이 있습니다. 그들이 정전방식이라는 새로운 시스템을 개발하여 특허권도 따놓은 상태입니다."

그것 또한 원래는 미국에서 특허가 잡혀야 했다. 차준혁은 자신의 기억을 이용해 이번 일에 밑밥과 함정을 만들어 두었다.

"이제부터는 하나씩 무너뜨릴 차례입니다."

시비는 남송그룹에서 먼저 텄다. 그것조차 기회나 다름이 없었다. 앞으로는 골드라인을 미래에서 지우는 일뿐이었다.

[모이라이기업에서 또 다른 시도를 보였습니다. 이번에는 ST통신을 인수한 후, MR텔레콤을 창설, 곧바로 차세대 핸드폰이라 불리는 Moirai—W1을 출시한다는 계획을 발표했습니다.]

[Moirai—W1은 플랫스토어라는 마켓시스템을 프로그램을 사용하여 고객들이 이용하기 편리하도록 설계했다고 합니다. 이는 전 세계적으로 통신업계에 엄청난 파급효과를 끼칠 것이라 예상되고 있습니다.]

뉴스는 또다시 떠들썩했다.

그로 인해 사람들의 반응도 엄청날 수밖에 없었다.

물론 모이라이의 사내기밀을 빼내어 선수 치려던 남진수의 계획도 물거품이 되었다. 거기다 남송중공업의 주식까지 30% 가까이 모이라이에게 점유 당해 엄청난 피해를 보게 되었다.

"발표한지 이틀 만에 구매예약자가 벌써 50만을 돌파했데요."

엄청난 효과를 일으킨 모이라이의 통신사업 결과를 보며 놀라워했다.

"이건 시작에 불과해요."

"그런데 송재운 팀장은 어떻게 하실 거예요?

송재운은 최이슬이란 악녀를 만나 말도 안 되는 짓을 당하고 말았다. 그뿐만 아니라 팀장으로서 사내기밀을 밖으로 유출시켜버리기까지 했다. 물론 당사자는 몰랐지만 회사로서 취해야 할 입장도 있어야 한다.

"처벌은 없을 거예요."

"하지만 이번 일은 결코 가볍지 않습니다."

지경원도 신지연처럼 그냥 지나칠 수 없다고 생각하는지 처음으로 차준혁의 결정에 반감을 보였다. 모이라이로서 큰 피해를 입을 뻔했기 때문이다.

"아니야. 오히려 송재운 팀장 덕분에 남송그룹에게 한

방 크게 먹일 수 있었잖아."

"그래도 사내기밀을 유출시킨 일을 무마시킬 수는 없습니다."

차준혁은 그런 태도를 처음 본 탓에 뒷머리를 긁적이며 말했다.

"가뜩이나 약혼녀한테 배신까지 당하고 상심이 크잖아. 그리고 이번 일이 밖으로 나간다면 모이라이의 이미지에도 타격이 생길 수밖에 없어."

현재 모이라이는 대외적으로 청렴한 기업 0순위나 다름없었다. 다른 기업이 노린 산업유출이지만 내부가 부실한 상황으로 사람들에게 비칠지도 몰랐다.

"제가 거기까지는 생각하지 못했습니다."

"저도요."

"그럼 내가 결정한 대로 하지. 이참에 프로젝트를 성공적으로 이끈 주력투자부서 팀원들에게 6박 7일로 휴가와 해외여행권을 포상해줘."

해당 부서원들은 ST통신을 인수하는 데 큰 업적이 있었다. 차준혁은 성과에 따른 보상이 필히 있다고 여기고 결정을 내렸다.

"그렇게 하겠습니다."

"땡큐~! 그럼 일 보러 나가봐."

지경원이 사무실을 나서자 신지연이 자리를 옮겨 차준혁에게 다가왔다.

"그럼 최이슬이란 여자는 어떻게 할 거예요?"

그녀가 생각하기에 송재운은 그렇다 쳐도 최이슬은 용서할 수가 없었다. 같은 여자로서 절대로 해선 안 될 짓을 아무렇지 않게 저질렀기 때문이다.

"일단은 대외적으로 기업정보 유출로 고소할 수는 없으니… 사적으로 묻어줘야죠."

"사적으로 어떻게요?"

신지연은 이해가 되지 않아 고개를 갸웃거리며 되물었다.

"이미 조치해뒀어요. 내일이면 그녀의 회사로 즐거운 소문이 쫙 퍼질걸요."

"뭘 어떻게 했는데요?"

자꾸 뜬 구름 잡는 소리만 하자 더욱 이해하기가 힘들었다.

"남의 공적인 정보를 털어댔으니 우리는 최이슬의 사적인 정보를 털어드리려고요."

대답과 함께 차준혁은 흐뭇한 미소를 지어 보였다.

다음 날 최이슬은 회사에 출근하다가 건물 입구 앞에서 잠시 멈춰 섰다.

"후우… 후우……."

잠시 크게 심호흡했다. 며칠 전 남진수는 그녀가 제공해준 정보 때문에 커다란 손실을 입고 말았다. 그 일로 후계

자자리까지 위협받아 신경이 날카로웠다.

"어떻게 그럴 수 있는 거지?"

아무리 마음을 진정시켜보려 해도 쉽지가 않았다. 한 순간에 꿈이 허물어졌으니 당연한 반응이었다. 거기다 조그만 희망이었던 송재운과의 결혼까지 파혼시켜버린 탓에 더욱 충격이 컸다.

최이슬은 겨우 마음을 진정시키고 사무실로 들어섰다. 그녀의 사무실은 플러스유통이라는 기업의 전략기획 부서였다.

"안녕하세요! 좋은 아침입니다~!"

당연히 싸늘했던 얼굴에 웃음을 지으며 인사했다.

"어? 아… 그래."

"아, 안녕하세요."

웅성웅성.

그런데 이상하게도 사무실 동료들은 제대로 인사를 받아주지 않고 시선을 피하기 바빴다.

"왜 저러시지? 무슨 일 있나?"

심상치 않음을 느낀 최이슬은 자신의 자리에 앉으며 컴퓨터를 켰다. 전원이 들어옴과 동시에 화면 오른쪽 귀퉁이에 메일 도착 알림이 떴다.

"사내 공지 메일인가?"

작게 뜬 메일 제목에는 긴급공지라고 적혀 있었다. 그 메일을 열어본 최이슬은 표정이 굳어질 수밖에 없었다.

[플러스유통 기획전략 부서 최이슬 사원의 이중생활. 그녀에게 있어 남자는 하룻밤의 먹잇감일 뿐이었다.]

"이, 이게 뭐야!"

내용에는 글뿐만이 아니었다. 최근 고급 클럽에서 만나 호텔로 같이 들어갔던 남자들과 찍힌 사진이 첨부되어 있었다. 물론 그 안에는 남송그룹의 남진수도 포함됐다.

메일은 그녀에게만 간 것이 아니었다.

플러스 유통 전 사원에게 간 전체 메일이라 누구나 내용을 알고 있었다. 회사에서 최이슬의 평판이 좋았던 만큼 사원들에게는 당연히 충격적이었다.

"최이슬 씨. 지금 부장님 방으로 가봐."

직속상사인 사내가 그런 최이슬에게 말만 건넨 후 자신의 자리로 돌아갔다.

"꺄아아아악!"

최이슬은 부장이 어떤 이유로 자신을 부르는지 어렵지 않게 알 수 있었다.

절대로 두 번은 당하지 않아

IIS의 주상원 국장은 정보분석팀의 호출을 받아 새벽부터 출근했다. 건물입구 앞에는 정보분석 팀장인 한재영이 기다리고 있었다.

"기지회의 계좌정보에서 야계의 흔적을 찾았다는 것이 정말인가?"

그를 본 주상원은 차에서 내리자마자 물었다. 동시에 한재영이 그에게 서류를 내밀며 설명을 덧붙였다.

"모이라이에서 제공해준 올 서치 프로그램 덕분입니다. 보시면 아시겠지만 일전에 김태선 의원에게서 발견되었던 차명계좌 자금운영 방식이 발견되었습니다."

김태선은 거짓 후원자를 만들어 불법자금을 지원받고 있었다. 아직 직접적인 관계가 드러나지 않아 검찰에 넘기기는 힘들었다. 그런데 그때와 똑같은 흔적이 기지회의 계좌 운영에서도 발견된 것이다.

“설마 국회의원 김태선이 기지회와도 연관되었다는 말인가?”

두 사람은 건물로 들어서면서 대화를 이어나갔다.

“가능성은 충분합니다. 그리고 현재 파악된 대로라면 야계와 연결된 인물이 남부지역 경제계에 상당량 포함되어 있다는 말과 같습니다.”

기지회는 부산의 주태진 의원하고만 연결고리가 있던 것이 아니었다. 남부지방에 있는 웬만한 기업들과도 거래가 오가고 있었다. 물론 그 방식이 김태선 의원의 후원자금 운영방식과 똑같아서 발견하게 되었다.

“드디어 찾아냈군!”

“차준혁 대표의 능력과 올 서치 프로그램이 아니었다면 발견할 수 없었을 겁니다.”

한재영은 지금의 결과를 나오게 해준 차준혁과 이지후의 실력을 높이 샀다.

“나도 놀라는 중이야. 수십 년 동안 찾을 수 없었던 흔적을 이렇게 쉽게 알아냈으니.”

“저는 솔직히 무섭기도 합니다. 만약 그들이 우리의 적이 되었다면 겨레회도 속수무책으로 무너졌을 것입니다.”

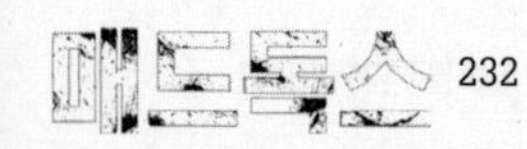

그 대답과 함께 한재영은 자신도 모르게 식은땀이 뚝뚝 흘렀다. 차준혁이 기지회를 단번에 괴멸시킨 실력이나, 계좌를 한 번에 분석해내는 프로그램을 만든 이지후의 능력 때문이다.

거기다 지난번에도 겨레회가 진짜 괴멸할 뻔했으니 두려움을 느낄 수밖에 없었다.

"나도 가끔은 무서움을 느낀다네."

"이번에는 통신사업에 개혁까지 일으켰다던데 차준혁 대표의 한계는 어디까지일까요?"

IIS와 겨레회 수뇌부에서도 이번 차준혁의 신사업에 놀라움을 금치 못했다. 무슨 사업이든 손을 댈 때마다 개혁과 혁신을 일으키니 당연한 반응이었다.

"나도 모르겠네. 아무튼 우리는 야계를 제대로 추적해보자고!"

어느새 정보분석팀에 도착하자 주상원은 서류보다 상세한 계좌내역을 확인할 수 있었다.

기지회와 거래를 튼 기업들의 수는 엄청나게 많았다. 물론 표면적으로는 중간에 일반인 계좌를 거쳐서 주류납품이나 기자재비용, 인건비, 불투명한 투자 등이 되어 기지회로 유입되어 있었다.

거기다 마약이나 장기밀매와 같은 불법적인 자금도 그곳에서 세탁이 되었다. 금액 또한 매달 수십억이 움직였다. 기지회의 연혁을 가늠한다면 현재까지 수조 원에 달할 것이 분명했다.
"이 자금들이 기지회에서 어디로 이동했는지는 알아내지 못한 건가?"
"아닙니다. 그것 또한 올 서치 프로그램으로 분석이 되었습니다."
타탁—!
한재영이 자판을 두드리자 대한민국 지도가 떠오르더니 파란색 라인으로 자금의 움직임이 표시되었다.
돈의 최종목적지는 서울이었다.
"저기가 어디지?"
"천익(天翼)이라는 경호원 파견기업입니다."
"들어본 적이 있는 회사군."
거액의 이용료로 고위 정치인이나 기업인들을 보호해주는 곳이다. 사원들은 특수부대원 출신이나 전문 경호학과를 졸업한 사람들로 구성되어 있었다. 특별한 움직임은 없던 곳이기에 겨레회에서도 노마크였다.
"요원들을 투입시켜 볼까요?"
"그러도록 하지. 기지회에서 자금을 보낸 곳이라면 분명히 야계와 관련이 있을 테니 조심해서 움직여야 하네."
주상원은 드디어 야계의 흔적을 발견했다는 희열에 주먹이 쥐어졌다.
"요원은 차 대표에게 지원한 인원들 외로 차출하겠습니다."

"우리에게 그간 도움을 준 것도 있으니 그 정도 인원지원은 충분하지."

IIS요원 정대원은 전반에 선출되었던 배진수, 유강수, 김욱현 다음으로 실전요원으로 뽑혔다.

처음으로 받게 된 임무는 천익이라는 경호업체로 잠입하여 내부 상황을 파악하라는 것이다.

"아직까지는 별문제가 없어 보이는데."

정대원은 특수부대 출신이면서 무술사범인 유중환에게 혹독한 훈련까지 받았다.

하지만 내부사정을 파악하는 것이라 경호원이 아닌 사무직원으로 지원해야만 했다. 쉽지는 않았지만 모집 중인 회계경력직에 합격하기 위해 교육까지 받아 합격할 수 있었다. 물론 경력을 위장한 신분도 따로 만들어 조사되지 않도록 만들었다.

"흠… 이거 경호업체치고는 너무 보안이 빡빡한 것 아닌가?"

출퇴근 시에 몸수색은 기본이다. 거기다 금속탐지기까지 설치되어 인증된 기기나 금속제품이 아닌 이상 반입이 금지되었다.

"역시 뭔가 있는 건가?"

자신의 자리에서 눈치를 보던 정대원의 시선이 구석진 천장으로 향했다. 사무실에도 CCTV가 빼곡하게 설치되어 있었다. 지금 상황에서는 컴퓨터로 서버에 접근해보기도 어려웠다.

'뭐가 깔려 있을지 모르니.'

결국 정대원은 하루하루 회계정리 업무만 보는 것이 전부였다. 지루한 임무였지만 겨레회이자 IIS요원으로서 충실해야만 했다.

"정수환 대리! 오늘은 이것 좀 정리해줘!"

그때 직속상사가 정대원을 불렀다. 물론 정수환은 위장 신분 이름이었다.

"예! 알겠습니다."

정대원은 서류를 넘겨받고 다시 자리에 앉았다. 업무 중 대부분은 경호원들이 제출한 영수증 정리였다. 그밖에는 월간 비용사용 처리와 세금에 관한 것이다.

"오늘도 야근이구나."

정리 업무도 만만치 않았다. 그 탓에 정대원은 늦은 시간까지 영수증 내역을 정리하고 퇴근할 수 있었다.

천익으로 출근한 지도 10일이 지난 상태였다. 정기적으로 IIS로 보고를 넣고 있지만 특별한 점이 없었다.

저벅저벅.

버스에서 내린 정대원은 어두운 골목길을 걸었다. 위장 신분으로 얻어놓은 자취방으로 향하는 길이었다. 자정이 넘어간 시각이라 주변에 사람은 없었다. 가로등 불빛만이 듬성듬성 골목길을 비추고 있었다.

빽—!

한순간이었다.

정대원은 뒤를 돌아보기도 전에 뒷목에 묵직한 충격이 느끼며 앞으로 고꾸라졌다.

"크윽……!"

하지만 정대원은 정신을 잃지 않았다. 그간 유중환에게 혹독한 수련을 받은 덕분이었다. 뒤를 돌아보자 4명의 검은 정장을 입은 사내들이 마스크를 쓴 채로 삼단봉을 들고 있었다.

"네놈들은 뭐야!"

"……."

그들은 아무런 대답도 하지 않고서 다시 달려들었다.

"젠장! 날 이렇게 만들어놓고 네놈들은 무사할 줄 아냐!"

뒷목에 붙잡고 있던 정대원은 비틀거리면서 급히 자세를 잡았다. 정대원의 잠입임무는 단독이지만 후방에서 백업을 해주는 요원들도 있었기 때문이다.

사내들 중 하나가 그 말을 듣더니 품속에서 무언가를 꺼내서 보여줬다.

IIS요원들이 사용하는 MR테크에서 개발된 최신형 골전도무전기 5개였다. 그 수는 정대원에게 백업을 하던 요원들의 수와 같았다.

"서, 설마… 이 개자식들!"

백업 중이던 요원들이 모조리 당했다는 의미였다.

정대원의 입에서 욕이 터져 나옴과 동시에 사내들의 공격이 다시 시작됐다. 맨손도 아니고 삼단봉이 휘둘리는 공세였다.

4명의 공격은 만만치가 않았다.

퍽! 퍼퍽! 퍽!

비좁은 골목인 탓에 도망칠 곳도 찾기가 힘들었다.

'이대로 나까지 당할 수는 없어.'

임무에 투입되기 전에 최대한 위장신분이 들통 나지 않도록 행동하라는 주의가 있었다.

하지만 지금은 목숨이 위협받는 상황이다. 거기다 백업 요원들까지 당한 상태였고, 사내들도 포획이 아닌 진짜로 그를 죽이기 위해 달려들었다.

퍼퍼퍽! 퍼퍽!

결국 정대원은 삼단봉을 등으로 막으면서 접근했다.

명치와 목젖, 옆구리. 동시에 태무도의 격타가 펼쳐지며 가운데 사내의 급소만 정확히 골라 주먹을 찔러 넣었다.

"크억……!"

정신을 잃지 않더라도 한동안 움직이기 힘든 위치였다. 그로 인해 주변에 서 있던 사내들은 심상치 않음을 느끼고 살짝 뒤로 물러섰다.

"이제야 숨통이 좀 트이네."

물론 정대원은 거기서 멈추지 않고 공격을 이어나갔다. 이번에는 방금 전 쓰러뜨린 사내의 바로 옆이었다.

휘익—!

다시 삼단봉이 휘둘려졌다. 아무렇게나 휘두르는 것이 아닌 훈련받은 동작들이었다. 하지만 통증이 웬만큼 가신 정대원은 그의 팔을 붙들어 태무도의 용절을 사용해 역으로 꺾었다.

우드득!

"끄아아아악!"

일격필살을 목적으로 한 태무도의 무위에 사내들을 그렇게 하나씩 쓰러져갔다. 물론 살인은 금해야 했기에 죽이지는 못했다.

거기다 정대원이 공격할 때마다 다른 사내들은 가만히 있지 않았다. 계속해서 삼단봉을 휘둘렀고 정대원은 이곳저곳 피멍이든 채 마지막 남은 사내와 대치하고 있었다.

정대원이 태무도를 익힌 지는 1년도 되지 않았다. 태무도의 형(形)은 모두 익혔지만 힘의 가감과 방향은 경험이 부족했다.

만약 유중환이나 차준혁이었다면 4명을 아무렇지 않게 쓰러뜨렸을 것이다. 그럼에도 정대원은 아직 체력이 조금 남아서 사내를 마저 쓰러뜨리고 벗어날 수 있을 것 같았다.

"날 너무 만만하게 봤구나! 더 나올 새끼가 있으면 나와

봐!"

그 물음과 함께 검은 정장의 사내가 마스크 속에서 얕은 비웃음소리를 내뱉었다.

딱—!

사내가 손가락을 튕기자 골목 위아래에서 각각 5명씩의 사내들이 몰려나왔다.

정대원은 그 광경을 보며 미간을 잔뜩 찌푸렸다.

"젠…장!"

주상원은 한밤중에 천익으로 잠입했던 정대원과 백업요원들의 연락이 두절됐단 소식을 접하게 되었다.

곧바로 작전과 관련된 IIS 수뇌부들을 소집했다.

휘하 정보팀, 작전팀, 관리팀 등등. 팀장급 이상만 모여 주상원과 마주 앉았다.

"현재 상황이 어떻게 된 건가?"

처음에 보고는 작전팀에서 전해졌다. 아직 보고받지 못한 부서가 있기에 작전팀장이 자리에서 일어나 설명을 시작했다.

"금일 06시 정기보고가 올라오지 않아 조사에 착수했습니다."

작전팀장은 거기서 멈추지 않고 계속 이어나갔다.

“일단 백업요업들과 차량은 위치추적기가 떨어진 채로 행적이 사라졌습니다. 거기다 00시 30분경 자택인근에서 집단폭행으로 인한 소음으로 경찰에 신고접수된 것을 확인할 수 있었습니다.”

“설마 그게 요원들의 마지막 흔적이란 말입니까?”

정보팀장 한재영의 물음에 다들 표정이 심각해졌다. 이에 작전팀장이 다시 입을 열었다.

“핸드폰도 추적을 해보았지만 자택 앞 화분아래에서 발견되었습니다. 그리고 경찰이 출동했을 때는 모두 사라졌다고 합니다. 해당 장소에서 혈흔이나 기물파손의 흔적을 발견하지는 못했습니다.”

그러던 중에 주상원도 정대원과 다른 요원들을 걱정하며 물었다.

“인근 CCTV 확인은 어떻게 되었나?”

“사건발생 1시간 전으로 모조리 고장 나 있었습니다. 상황을 파악해본 바로는 천익에서 움직인 것으로 보입니다.”

분위기는 더욱 어두워진다. 다들 이번 작전을 준비하는데 있어서 최선을 다했다.

위장신분도 들통 나지 않도록 시청기관에 있는 겨레회원을 통해서 만들었다. 정기보고 또한 인근 우유 배달부로 취직을 하여 비밀리에 주고받았다.

그들은 지금과 같은 상황이 어떻게 발생했는지 알 길조

차 없었다.
"생사조차 알 수 없다는 것인가?"
"요원들 모두 각오를 하고 투입한 것입니다. 일단 IIS의 존재를 불지는 않을 겁니다."
하지만 주상원이 걱정하는 것은 그런 부분이 아니었다. IIS로서 첫 임무를 시작하자마자 중단된 것이 걱정이었다.
"이번 일에 대해 생각해본 방법이 없는가?"
지금 당장 자신도 해결책이 없는 판국에 다른 이들에게 있을 리가 없었다.
"차준혁 대표에게 논의해봄은 어떻겠습니까?"
조용히 생각하던 한재영이 의견을 내놓았다. 어떤 상황이든 타파해나가던 차준혁이라면 다른 방법이 있을지도 모르기 때문이다.
"흠……."
한편으로 주상원은 야계를 우습게 본 것이라 자책하고 있었다. 무너졌던 겨레단을 IIS로 새롭게 세우고 모이라이와 차준혁의 도움을 받아 탄탄한 시설까지 갖춘 탓이었다. 한순간의 자만이 방심을 부르고 말았다.
"국장님. 어떻게 할까요?"
"차 대표에게 도움을 요청하도록 하지. 브리핑을 위해 한재영 팀장은 모든 자료를 준비해주게."
주상원은 탄식을 흘리며 차준혁에게 연락을 넣기 위해

사무실로 돌아갔다.

차준혁은 모이라이의 새로운 계열사 MR텔레콤을 정비하느라 바쁜 나날을 보냈다. 그러던 중에 잠잠하던 IIS 주상원 국장의 연락을 받고 다급히 본부를 찾을 수밖에 없었다.

물론 신지연도 동행했다. 그렇게 두 사람이 탄 차량이 본부 마당에 세워지자 기다리고 있던 IIS의 수뇌부들이 열을 맞춰 서 있었다.

"와주셔서 감사합니다."

주상원이 그런 차준혁을 보며 정중하게 고개 숙였다.

"인사보다 상황파악이 먼저입니다. 도대체 어떻게 된 겁니까?"

미간을 잔뜩 찌푸린 차준혁은 신지연과 같이 회의실로 들어가 브리핑을 받았다. 사태는 잠입요원 1명과 백업요원 5명이 실종된 상황으로 매우 심각했다.

"주 국장님! 어째서 기지회의 계좌정보가 나왔을 때 저를 부르시지 않은 겁니까!"

지금 상황에서 차준혁은 화를 내고 싶지 않았지만 어쩔 수 없었다.

현재 밝혀진 기지회의 계좌운용대로라면 차준혁이 노리

고 있는 김태선과도 연관되기 때문이다. 물론 그들이 알고 있던 사항은 아니지만, 사태를 이 지경으로 만들었으니 화를 내야만 했다.

"…면목이 없습니다."

어렵게 주상원이 입을 열자 차준혁은 한숨이 흘러나왔다. 그러면서 회의에 참석한 무술사범 유중환을 쳐다보고 물었다.

"사범님. 이번 임무에 투입된 인원들은 어느 정도의 실력입니까?"

"자네와 나에 비해서 말인가?"

단련의 정도를 떠나 경험만으로도 잣대를 대기가 힘들었다. 물론 차준혁도 그런 비교를 말함이 아니었다.

"배진수 요원과 말입니다."

"그 둘과도 상당한 차이는 있네. 아마도 특수부대 출신으로 있을 때 실전 경험의 차이겠지."

총을 사용함에 있어서도 사람을 진짜 겨눠보고 방아쇠를 당겨봤는지의 차이가 있었다. 그런 부분에서 배진수와 작전에 투입된 요원들도 실력의 고하(高下)가 있을 수밖에 없었다.

"후우… 그렇다면 작전을 수행하기에는 아직 미숙한 상태로군요."

IIS는 아직 완성된 것이 아니었다. 요원들의 훈련도 남아 있고, 시설이나 내부시스템 구축에도 추가적으로 필요한 부분이 많았다.

IIS국장 주상원은 그럼에도 불구하고 야계의 흔적을 빨리 잡아내기 위해 성급한 판단을 내려버렸다.

"다른 흔적은 없는 겁니까?"

인근도로 CCTV에도 백업요원들의 차량이 빠져나간 흔적이 잡히지 않았다. 물론 위치추적기까지 분리된 것을 보면 전문가들의 솜씨가 분명했다.

"현재까지는 그렇습니다."

"경호원 파견업체인 천익이란 말이죠."

차준혁은 곧바로 핸드폰을 들어 천익에 대한 자료를 이지후에게 요청했다. 자료는 오래 걸리지 않았다. 기밀을 주고받는 메일로 전송받아 회의실 화면에 띄울 수 있었다.

표면상으로는 멀쩡한 경호원 파견업체였다. 거액의 비용으로 정치인이나 기업인의 경호를 주로 맡을 뿐이었다.

"기지회의 자금이 흘러들어갔다면 분명히 쓰인 곳이 있을 겁니다. 그런 부분에 대해서는 알아낸 사항이 없나요?"

질문이 이어지나 정보분석을 담당했던 한재영 팀장이 앞으로 나섰다.

"자금은 이미 세탁되어 현금화된 것으로 추정됩니다. 그나마 자금이 흘러들어간 경유가 중국의 마카오은행이란 것만 알아냈습니다."

"계좌내역은 요청하기가 힘들겠군요."

아시아권 금융계열에서 마카오 은행은 스위스 다음으로 검은 돈이 유입되는 곳이었다. 당연히 신분증명 절차가 까다로울 뿐더러 정부기관의 요청에도 쉽게 협조해주지 않았다.

"맞습니다. 그래서 내부의 상황이라도 파악해보기 위해 국장님께서 힘든 결정을 내리셨던 겁니다."

"후우……!"

조용히 생각하던 차준혁은 한숨을 내쉬며 그간 정대원이 올린 보고서를 살펴봤다. 거기에도 특별한 사항은 있지 않았다. 조금 특이하다면 몸수색과 금속탐지기까지 갖췄다는 부분뿐이었다.

'천익이라… 그러고 보니 내가 IIS에 있을 때도 노마크였어.'

아무리 IIS 때의 기억이 또렷해도 관련사항을 떠올리지 않는 이상 알아내기가 쉽지 않았다.

'이만한 불법자금이 유입된 곳이라면 분명 골드라인처럼 감시를 받았어야 했는데 말이야.'

의문은 생각이 깊어질수록 점점 가중되어 갔다. 그러면서 천익에 대한 의심이 더욱 깊어졌다. IIS라면 분명히 노렸을 기업이 본래 미래에서는 아무렇지 않게 운영되고 있었다.

"대표가 임설이란 여자로 되어 있군요."

"그 부분에 대해서는 저희가 조사를 마쳤습니다."

한재영이 노트북의 버튼으로 화면을 바꾸었다.

[임설.
—1950년 XX월 XX일 생.
—경기도 하남시 감이동 XXX—XX.
—남편 : 김정구(1947년생, 농부).]

간략한 인적사항과 출신학교 등이 적혀 있었다.
임설은 올해 58세였다. 어릴 때부터 상당한 엘리트 코스를 거쳐 지금의 자리까지 올랐다.
"남편이 농부요?"
현재 천익의 기업이익을 본다면 아무리 낮게 잡아도 수백억에 달했다. 그런 기업의 대표를 부인으로 둔 남편이 기업인이나 정치인도 아닌 농부였다. 당연히 차준혁으로서는 의아할 수밖에 없었다.
"저희도 이상해서 조사를 해보았습니다. 그런데 강원도 태백에서 진짜로 배추, 고추, 무 등의 농사를 짓고 있더군요."
차준혁은 이해되지가 않아 살짝 어이없어했다.
"그럼 부부가 서로 떨어져 살고 있는 건가요?"
"미행을 해보니 일주일에 한 번씩 임설이 태백으로 직접 방문했습니다."
물론 대표의 미행은 지금도 되고 있었다. 그러나 아직까지 특이한 점은 발견되지 않았다.

거기다 요원들이 사라진 상황만 봐도 증거가 없으니 범인을 천익이라고 확정 짓기도 힘들었다. 요원들이 천익으로 투입된 입장만으로 유추할 뿐이었다.

"누군가 다시 잠입해보는 수밖에 없겠네요."

차준혁이 떠올린 방법은 주상원도 생각했다. 하지만 한 번 당한 전력이 있다 보니 쉽사리 결정을 내리기가 힘들었다.

"당장 투입할 실전요원이 없습니다. 물론 차 대표에게 지원해준 배진수나 유강수 요원도 있습니다. 그러나 전문가적인 솜씨를 봐서는 이번에도 위험하다고 판단됩니다."

첩보조직의 수장으로서 가질 마음가짐은 아니다. 그러나 단번에 6명의 요원이 실종된 만큼 조심스러웠다.

또다시 임무실패를 겪고 싶지 않던 주상원은 잠입요원 재투입에 대해서 그런 반감이 생겼다.

"제가 가도록 하죠."

조용히 옆으로 서 있던 신지연이 놀라며 소리 질렀다.

"대표님!"

그녀와 같은 반응을 보이려던 사람들은 오히려 그 목소리에 놀라서 쳐다봤다.

"아오… 귀청 떨어질 뻔했잖아요."

"무슨 말도 안 되는 말이에요. 적진일지도 모르는 곳에 혼자서 잠입한다는 게 말이나 돼요?"

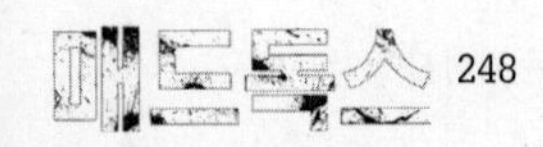

신지연도 브리핑을 들으며 사태의 심각성을 깨닫고 있었다. 그렇기에 차준혁이 잠입하게 되면 당연히 위험할 것이라고 생각했다. 그러다 주상원이 신지연을 보며 입을 열었다.

"신 비서님. 차 대표께서 그렇게 말씀하셨지만 현실적으로 불가능한 결정입니다. 솔직히 대한민국에서 차준혁 대표를 몰라볼 사람이 누가 있겠습니까."

"예…? 아……!"

대외적으로 차준혁은 연예인보다 유명했다. 당연히 그런 얼굴을 알아보지 못할 사람은 없었다.

"한 기업의 대표가 다른 기업으로 들어간다니 말도 안 되지요."

재차 주상원의 설명이 이어지자 다들 고개부터 끄덕여졌다. 그사이 차준혁은 여전히 얼얼한 귀를 어루만지고 있었다.

"방법은 있습니다."

"무슨 방법이 말입니까?"

모두의 시선은 다시 차준혁에게 몰려들었다.

MR테크 개발연구소.

신지연은 휴게실에서 화장실에 간 차준혁을 기다리고 있

었다.
"왜 이렇게 늦으시는 거지?"
그녀가 투덜거리는 사이 더벅머리에다가 평범하게 생긴 남자가 휴게실로 들어왔다. 남자는 자판기로 다가가더니 음료수를 하나 뽑아들었다. 그대로 캔을 따서 마시는가 싶더니 신지연을 향해 내밀었다.
"예……?"
"드시라고요."
"어라? 응?"
음료수를 내민 남자의 입에서 차준혁의 목소리가 흘러나왔다. 신지연은 비서로 있으면서 매일같이 들었던 목소리라 누구보다 쉽게 알 수 있었다. 하지만 얼굴이 완전히 달랐기에 이해가 되지 않았다.
"저예요."
"진짜 준혁 씨예요? 그런데 얼굴이……."
"잠깐만요."
차준혁은 얼굴로 손을 가져가더니 눈 아래와 광대, 턱 선에서 손가락 두 마디만 한 밴드들을 떼어냈다. 그러자 평범했던 얼굴이 원래대로 돌아왔다.
"어떻게 한 거예요?"
"광학위장장비예요. 눈, 광대, 턱에 암영의 깊이를 다르게 줘서 다른 사람으로 보이도록 만든 거죠. 어때요? 감쪽같죠?"

이번 장비도 IIS에서 사용하던 것이다. 그때는 이것보다 최첨단으로 얼굴 전면을 바꿀 수 있었지만, 지금의 기술력으로는 여기까지가 한계였다.

"그럼 이 장비를 이용해서 천익으로 잠입하겠다는 말씀이세요?"

"지연 씨가 알아보지 못했다면 다른 사람들도 마찬가지겠죠. 그리고 제 주변으로 보안팀과 IIS요원들도 잠복시켜둘 테니 걱정 말아요."

원래 차준혁의 성격대로라면 혼자서 움직이는 것이 편했다. 그러나 신지연이 걱정하도록 놔둘 수 없기에 만반의 준비가 필요했다.

"그래도……."

"우리와 대한민국의 미래를 위해서예요. 그리고 가만히 앉아서 나쁜 놈들이 판치게 놔둘 수는 없잖아요."

지금의 차준혁은 본래 미래에서 가지고 있지 않았던 힘이 있었다. 그래서 과거로 돌아와 사랑하는 사람들의 미래를 바꾸는 중이었다.

여기서 가만히 있으면 정체도 모르는 사람에게 대한민국이 이리저리 흔들리게 된다.

"알았어요."

신지연도 이제 차준혁이 미래에서 왔다는 것을 알기에 이해할 수 있었다. 그리고 차준혁을 사랑하는 사람이자 겨레회의 일원으로서 그러한 목표를 도와주고 싶었다.

"그런데 대표 자리는 비워두실 거예요?"

지금도 기자들의 이목은 차준혁의 행보에 집중되어 있었다. 국내에서 움직임이 보이지 않는다면 기자들과 더불어 기업들도 이상하게 생각할 것이다.

"잠입기간 동안 단독으로 콩고에 나가 있는 것으로 하죠. 그쪽에 있는 것이라면 출입국 기록도 충분히 조작할 수 있으니까요."

콩고민주공화국이라면 둘카누 왕자가 있기에 행보에 차준혁의 움직임이 새어 나갈 가능성이 낮았다.

특히 정부군이 경계를 서는 콩고 왕족의 사유지도 있었다. 거기로 가 있는 것으로 만들면 누구도 탐색이 불가능했다.

"준비는 모두 갖춰놓으셨네요. 그럼 임무 동안에는 만나지도 못하겠죠?"

신지연은 차준혁의 몸도 걱정되었지만 얼굴을 볼 수 없다는 것도 마음에 걸렸다.

"이번 임무는 정말로 중요해요. 잘만 한다면 김태선과 야계라는 조직의 기반까지 들출 수 있을지도 몰라요. 최대한 빨리 해결해볼게요. 그리고 미안해요."

신지연도 이해가 되었지만 눈물이 흘렀다. 소중한 것을 지키기 위한 차준혁의 열정적인 모습도 좋아하기 때문이다.

"꼭 다치지 말아야 해요."

"그건 걱정 말아요. 제 실력 알잖아요."

천익에서 사무직원 모집은 이미 끝난 상태였다. 대신에 경호원은 시험을 거쳐 수시로 모집하고 있었다. 차준혁은 어쩔 수 없이 경호원으로 지원했다.

무술 실력은 누구도 차준혁을 따라오기 힘들어 어렵지 않았다. 물론 너무 티가 나지 않도록 적당한 실력을 보여 시험에 합격할 수 있었다.

"오정구 씨는 경호 1팀으로 배정될 겁니다."

천익의 인사과 사원이 앞에선 차준혁을 보며 말했다.

얼굴은 MR테크에서 비밀리에 개발한 장비로 이미 바꾼 상태였다. 그리고 위장신분은 일부러 다른 이름으로 골랐다.

"알겠습니다. 그럼 바로 그곳으로 가면 되나요?"

"제가 안내해드릴 겁니다."

그렇게 차준혁은 인사부 남자직원의 뒤를 따라나섰다. 경호 1팀 사무실에 도착하자 텅 빈 사무실에 40대 초반의 사내가 앉아 있었다. 경호 1팀장인 문병식이었다. 그는 천천히 고개를 들어 차준혁을 쳐다봤다.

"신입?"

"중도입사 과정을 통해 들어왔습니다. 여기 인사기록카

드가 있으니 전 돌아가 보겠습니다."

인사부 직원은 차준혁을 인계해준 후에 돌아갔다. 문병식은 여전히 자리에 앉아 차준혁의 전신을 날카로운 시선으로 훑었다.

"음… 부산경호고등학교 자퇴. 검정고시로 고등학교를 졸업했군. 대학은 나오지 않았고, 군대는 아직이네. 최근까지 JW물산 부산본사 경호팀에서 일을 한 걸로 적혀 있는데 왜 거기서 나와 여길 지원했나?"

경력은 최대한 단순하게 만들었다. 일단 대학이나 군대는 동문동기로 확인할 수도 있으니 위험했다. 최대한 흔적을 애매하게 만들기 위해 부산경호고등학교 출신 자퇴생으로 가상의 인물을 만들었다.

건강상태의 문제로 검정고시를 치른 인물. 주변의 친분이 적어 확인이 어려울 필요가 있었다. 그렇게 질문이 이어지자 오정구가 된 차준혁은 조용히 입을 열었다.

"좀 더 경험을 쌓고 싶어서입니다."

나이도 본래 나이인 27살로 정했으니 나쁘지 않은 이유였다. 물론 위장신분에 대한 절차는 정대원 때와 마찬가지로 시청에 근무 중인 겨레회원을 통해서 만들 수 있었다.

"입사시험 성적을 보니 상당한 무술 실력이 있나본데, 누구에게 따로 배운 것인가?"

"어릴 때 무술사부님을 한 분 모셨습니다."

"그 나이에 이 정도 실력이라면 그쪽 사부님께서 상당한

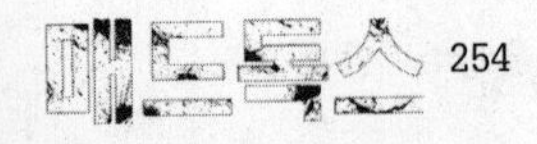

실력자인가보군. 혹시 함자가 어떻게 되시는가?"
계속되는 질문에 차준혁은 혹시 몰라서 정해놨던 시나리오를 떠올렸다.
"사부님께서는 유, 중자, 환자를 쓰십니다."
"달인 유중환 사범님 말인가?"
유중환의 이름은 무술을 하는 사람이라면 웬만큼 알고 있었다. 거기다 잦은 방랑생활로도 유명하여 천익에서 조사하기가 힘들었다. 차준혁은 그 점을 노리고 웬만큼만 눈에 띄기 위해 유중환의 이름을 대었다.
"맞습니다."
"어허! 제자를 두지 않으시기로 유명하신 분인데, 정말 자네가 그분의 제자라는 건가?"
"인연이 닿아 가르침을 조금 받았습니다. 그분께서는 제자라고 생각지 않으셔도 저에게는 사부님이죠."
겸손한 설명에 문병식의 고개가 끄덕여진다. 무술을 배운 사람으로서 예(禮)와 겸(謙)의 덕목을 갖춘 모습이기 때문이다.
"난 살아생전 만나보지도 못한 분을 자네가 만났군. 아무튼 앞으로 같이 잘 일해 보도록 하지."
유중환이란 이름 덕분에 차준혁은 경호 1팀장인 문병식의 관심을 살 수 있었다. 당연히 일부러 노린 수였다.
경호계통이라면 당연히 무술과도 밀접한 관계가 있다. 그런 부분에서 무술 쪽에서 유명한 유중환과 관계가 있다면 호의를 보여줄 것이기 때문이다.

"감사합니다. 앞으로 잘 부탁드립니다!"

"일단은 자리에 앉아 기다리지. 지금은 팀원들이 모두 업무를 나가서 말이야."

그 뒤로 차준혁은 자리를 배정받았다. 경호원 파견기업이라 책상에는 경호일정과 경호수칙에 관련된 기본서적이 전부였다.

딱히 사무업무를 볼일이 없으니 노트북이나 컴퓨터도 배치되어 있지 않았다. 거기다 개인휴대폰은 내부에서 사용금지였다. 출근할 때 내부보안팀에게 따로 보관하게 되어 있었다.

'너무 철저한데 말이야.'

차준혁이 책상에 앉아 생각하는 사이 문병식이 봉투꾸러미를 들고 다가왔다.

"임무 중에 사용할 무전기와 삼단봉이야. 기본적인 임무사항은 시험을 마치고 들었겠지?"

천익에서 운영되는 경호시스템은 2가지였다.

첫 번째는 고정경호로 특정요인에게 배치되어 주기적인 경호업무를 나가는 것이다. 그리고 두 번째는 유동경호로써 일명 대기조 및 특별경호원으로 불렸다.

"알고 있습니다."

"시작은 누구나 유동경호 조로 배정된다네. 난 관리직이라 유동경호조로 속하지. 물론 경호 1팀은 대부분이 고정

경호조라 일단은 땜빵부터 맡게 될 것이야."
"그럼 오늘은 경호업무가 없는 겁니까?"
"일단은 경호수칙이나 보면서 기다려봐."
문병식은 그렇게 말한 후 자신의 자리로 돌아갔다.
그사이 차준혁은 경호수칙을 읽는 척하면서 사무실을 살폈다.
'모든 사무실이 들어갈 때마다 사원증이 필요하고, 저 안쪽은 팀장 이상만 가능한 건가?'
차준혁의 시선이 간 곳은 '관계자 외 출입금지'라고 쓰인 문이었다. 뭔가 있을 것 같았지만 지금은 접근할 수 없었다.
시간은 그렇게 계속 흘러갔다. 오후 4시쯤이 되자 3교대 경호조인 팀원들이 출근하기 시작했다. 그들은 자리에 조용히 앉아 있던 차준혁을 보고 가까이 다가왔다.
"안녕하십니까. 오늘 경호 1팀으로 입사하게 된 오정구라고 합니다."
팀원들은 그런 차준혁의 인사를 듣는 둥 마는 둥 받으며 경호업무를 준비했다.
'관심을 가져주지 않으면 좋기는 한데. 영… 좋게 볼 시선은 아니네.'
차가운 시선이 오간 탓에 차준혁은 조금 찜찜한 기분이 들었다.
'그래도 회사 안을 좀 활보하려면 안면을 좀 익혀야 할 텐

데…….'

차준혁이 다시 생각에 잠기던 중이었다. 갑자기 한 남자가 차준혁에게 어깨를 동무를 하며 얼굴부터 내밀었다.

"오늘 온 신입이라고?"

물론 차준혁은 미리 기척을 감지해 알고 있었다. 그래도 깜짝 놀란 척을 하며 그를 쳐다봤다.

"아, 안녕하십니까. 오정구라고 합니다."

"뭘 그렇게까지 놀라. 난 네 선배인 홍이명이다. 이름이 좀 특이하지? 아버지가 세상을 두 번 밝히라고 지어주셨는데 한 번 밝히기도 빡시다."

굳이 묻지도 않은 자신의 내력을 줄줄 읊어댔다.

다른 팀원들과 다르게 상당히 활발한 성격의 소유자였다. 그런 소개에 차준혁은 머쓱한 척하며 그에게 악수를 청했다.

"잘 부탁드립니다."

"나야말로 잘 부탁해! 나이는 어떻게 돼?"

"27살입니다."

"난 30살이니 말 놓는다."

말은 처음부터 진즉에 놓고 있었다. 어차피 나이가 위이니 차준혁은 불만은 없었지만 이상하게 신경이 쓰였다.

"그러셔도 됩니다."

"신입이니 유동경호조지? 나도다!"

"예? 그런데 지금 출근을……."

유동경호조는 교대로 근무하는 고정경호조와 다르게 아침부터 출근해야 했다. 그런데 홍이명은 방금 전에 출근해서 사무실로 들어왔다.

"오전 경호 땜빵 다녀왔지."

3교대에서 오전이 비는 바람에 대신해서 경호근무를 다녀온 것이다.

"그러셨군요."

"회사 안은 좀 돌아다녀봤어?"

"아직요. 경호수칙을 보던 중이었습니다."

그 대답에 홍이명의 시선이 책상 위로 향했다. 경호수칙 교본을 본 그의 미간이 찌푸려졌다.

"이런 지루한 책을 왜 보나. 내가 회사 구경 시켜줄 테니 나가자. 팀장님! 그래도 되죠!"

"야! 홍이명! 너 근무 보고서……!"

문병식 팀장의 말이 끝나기도 전에 차준혁은 홍이명의 손에 잡혀 복도로 나갔다.

'회사 내부를 살펴볼 수 있어서 좋긴 한데… 왜 이렇게 친한 척을 하는 거야?'

차준혁은 오히려 부담감을 느끼며 그에게 어깨동무를 당한 채 이곳저곳으로 끌려 다녔다. 어찌나 회사 내에서 인맥이 다양한지 처음에 찾아갔던 인사부에서부터 경리, 회계, 관리부서까지 골고루 들렀다.

"아! 13층부터는 절대로 올라가지 마라. 뭐… 출입카드가 없으면 올라갈 수도 없겠지만 말이야.”

천익의 건물은 총 15층이었다. 그중 세 개 층이 출입카드로 엄격하게 관리된다는 말과 같았다.

“거기에 뭐가 있습니까?”

홍이명은 차준혁의 귓가로 조심스럽게 말했다.

“나야 모르지. 들리는 소문으로는 특수기밀경호부서가 있다는 말도 있어.”

“그런 부서가 정말로 있습니까?”

천익에 있는 경호부서는 국내 5개 팀과 해외 3개 팀으로 나뉜다. 총 8개의 부서로 운영되고 있었다. 그중에 특별부서는 명시되어 있지 않았다.

“몰라. 그 층으로 갈 수 있는 건 부장급 이상만 가능하거든.”

“부장이요?”

예기치 않게 괜찮은 정보를 습득하게 되었다. 이에 차준혁은 옅은 미소를 지어 보였다.

“혹시 다른 소문은 없습니까?”

“우리 회사에 이상한 소문이야 많지. 13층 위로 사이비 종교단체의 교단이 있다거나, 쥐도 새도 모르게 일하던 직원들이 사라진다거나. 우리 회사에서 갑자기 퇴직한 경호원이 해외용병으로 팔려나간다는 말도 있고, 아! 얼마 전에 경력회계 직원으로 뽑힌 사원이 실종된 일도 있었지.”

그의 입에서 줄줄이 흘러나오던 소문 중 하나에 차준혁

은 얼굴이 살짝 굳어졌다.

"사람이 실종돼요?"

시기나 부서가 천익에 잠입 중이던 IIS의 정대원 요원에 관한 것이다. 표면적으로 정대원은 고아인 위장신분이 있었다.

주변의 인적관계가 거의 없는 상황에서 천익이 경찰에다가 직접 실종신고를 넣었다. 누가 봐도 자신들의 잘못이 없다는 것처럼 보였다.

"이름은 나도 모르는데 일주일 조금 넘게 출근하다가 갑자기 안 나온다는 거야. 회사에서도 이상하게 생각해서 자택에 가보니 비어 있었다는 거지. 그 사람이 고아라서 회사에서 실종신고를 해놨다더라."

홍이명은 각 부서에 인맥이 있다 보니 그렇게 자세한 사항까지 접할 수 있는 것 같았다. 그런 설명에 차준혁은 천익이 더욱 수상해졌다.

'일단 13층 위로 무엇이 있는지가 문제인데.'

"굿모닝!"

다음 날 차준혁이 출근을 하자 먼저 와 있던 홍이명이 손을 흔들어댔다. 그와 문병식 팀장을 제외하고는 다들 쌀쌀하기 이를 데 없었다.

"안녕하십니까."

"어제 회사 구경은 잘했나?"

회사를 1층부터 12층까지 돌아다니다보니 퇴근시간까지 되었다.

"좋았습니다. 그보다 오늘도 경호업무가 없나요?"

"아닐세. 오늘은 홍이명이랑 같이 본사 임원인 홍주원 이사를 보좌하면 되네."

"싫어요!"

그 순간 홍이명이 벌떡 일어나며 외쳤다. 진짜로 싫다는 표정이었다. 차준혁은 그렇게 업무를 대놓고 거절하는 그의 모습을 깜짝 놀랐다.

"큼! 큼! 홍이명. 이건 업무지시다."

"에잇!"

이러한 행동까지 보이는데 잘리지 않는 것이 신기할 따름이었다. 그러나 이유는 경호업무에 투입되면서 어렵지 않게 알 수 있었다.

업무지시가 하달되자 차준혁과 홍이명은 장비를 착용한 후에 홍주원 이사의 사무실로 향했다. 여전히 홍이명은 불만스러운 얼굴이었다.

"왔는가?"

문을 열고 들어온 두 사람은 50대 중년의 사내와 마주했다.

"오늘 경호와 보좌를 맡게 된 오정구라고 합니다."

"홍이명이요~!"

투덜거리는 홍이명의 대답과 함께 홍주원 이사의 미간이 씰룩였다.

"네 녀석은 여전하구나."

"꼰대만 하겠어요?"

홍주원 이사는 바로 홍이명의 부친이었다. 그것이 홍이명이 경호원과 맞지 않게 행동함에도 잘리지 않는 이유였다.

"아무튼 오늘은 잘 부탁하마."

"쳇!"

더 이상의 대화는 없었다. 차준혁과 홍이명은 그의 옆으로 붙어 경호를 시작했다. 오늘 홍주원 이사는 몇몇 기업의 임원진들과 골프 모임, 미팅, 저녁식사 등이 잡혀 있었다. 이에 차준혁이 운전대를 잡고 홍이명이 조수석에 앉아 차를 몰았다.

'이런…….'

첫 번째 예정지는 충주에 위치한 라이너스 컨트리클럽이란 골프장이었다. 그곳에 도착한 차준혁은 예상치 못한 사람과 마주하게 되었다.

'구 상무님이 여긴 왜 계신거야?'

바로 모이라이의 구정욱이 홍주원과 인사를 주고받고 있었다.

"여기 두 사람은 홍 이사님의 경호원들인가 보군요."

구정욱은 그런 차준혁의 어깨를 두드려주더니 악수해주었다.

"응……?"

동시에 차준혁은 그에게서 쪽지를 하나 건네받았다.

임원 마크.

키워드만 적힌 짧은 내용이지만 이해할 수 있었다. 구정욱이 상부와 접촉해보기로 한 것이다.

물론 구정욱도 차준혁이 경호원으로 올지 생각조차 하지 못했다. 그래서 위장한 얼굴을 알아보고 급히 쪽지를 적어 건네주었다. 보통사람이라면 그런 임기응변이 부족하겠지만 나름 국정원 출신이기에 가능했다.

'내가 많이 걱정되셨나보군.'

사실 구정욱은 차준혁이 단독으로 잠입 임무를 맡는다고 했을 때 심한 반대를 했다. 신지연과 같은 이유였다.

겨레회의 숙적인 야계의 본거지일지도 모르는 곳으로 혼자 들어간다고 하니 반대하는 것이 당연했다. 거기다 IIS 요원들까지 실종되었으니 따로 나서보기로 결정하여 움직였다.

골프 모임에 특별한 점은 없었다. 일정거리를 유지한 채로 경호해야 했기에 홍주원이 구정욱과 대화하는 모습만 보았다.

"땡볕에 이게 무슨 고생이냐."

그런 광경 탓인지 홍이명이 짝다리를 짚은 채 계속 투덜거렸다.

"아까 들으니 아버지이신 것 같은데, 사이가 안 좋으신가 보네요."

"그다지 좋아하지는 않아."

"왜 그럽니까?"

상황만 봐도 홍이명은 낙하산으로 입사한 것 같았다.

"원래는 뉴욕에서 지냈는데 저 꼰대가 직원들을 시켜서 날 끌고 들어와 회사에 앉혔거든."

아버지를 싫어한다면 같은 회사에 다니지 않아도 그만이다. 굳이 계속 다니고 있다면 중요한 이유가 있을 것이다.

"그럼 안 다니면 되지 않습니까."

"나도 당했으니 꼰대도 당해봐야지."

결국 속된 말로 엿 먹이려는 행동이나 다름없었다. 완전 어이없는 이유에 차준혁은 어설픈 웃음을 지으며 그를 쳐다봤다.

"굉장히 단순한 이유군요."

"난 복잡하게 생각하는 것 싫어."

대화가 그렇게 끝나고 다시 골프 구경이 시작됐다.

골프 모임은 대략 5시간 정도가 지나서야 끝났다. 짐을 정리하던 구정욱은 정리를 하던 차준혁과 한순간 눈을 마주치고 돌아갔다.

'대화내용은 나중에 정기보고 때 전해 들어야지.'

천익에서 신입사원을 감시하는 것이라면 따로 연락을 주고받기가 힘들었다. 먼저 잠입했던 정대원과 백업요원들까지 실종 당했으니 조심할 필요가 있었다.

모두들 다시 차에 올라타 다음 장소로 이동했다.

현재까지 골프장에서처럼 홍이명이 조수석에 앉아 계속 투덜거리는 것 외에는 특별한 사항이 없었다. 이제 마지막 약속인 홍주원의 저녁 모임이 끝나길 기다리는 것뿐이었다.

오래 걸리지는 않았다. 테이블에서 일어난 홍주원이 상대방과 인사를 마치고 돌아서고 있었다.

쨍그랑!

그 순간 옆 테이블에서 여성이 잔을 들고 옆으로 일어나다 홍주원과 부딪치고 말았다. 너무 순식간에 일어난 일이라 경호를 맡고 있던 차준혁과 홍이명이 막을 새도 없었다.

"이사님! 괜찮으십니까!"

차준혁은 그에게 다가가 부축부터 해주었다.

"괜찮네. 괜찮아."

"죄송해요! 제가 뒤를 미처 보지 못해서……."

일어나다 부딪친 사람은 여성은 연신 사과하며 그의 재킷에 묻은 와인을 닦아주려 했다.

"저도 부주의했습니다. 괜찮으니 신경 쓰지 마시죠."

"정말 죄송해요."
"아닙니다. 정말 괜찮으니 마저 즐기시죠."
홍주원은 급히 재킷부터 벗더니 차준혁에게 넘겨주고 화장실을 향해 걸어갔다.
"하여간 매너 있는 척은 혼자서 다 한다니까."
제대로 뒤틀린 홍이명은 그런 모습마저 마음에 안 드는 것 같았다.
"꺄악!"
그때 방금 전 여인이 하이힐의 중심을 잡지 못하고 옆으로 쓰러지려했다. 동시에 차준혁은 재킷을 들고 있던 채로 여인을 잡아주었다.
"괜찮으세요?"
"조금 취했나 봐요."
여인은 살짝 붉어진 얼굴을 하고 있었다.
"조심하세요."
"제 친구 때문에 여러모로 폐를 끼쳤네요."
그런 여인의 행동에 동행인 여인도 같이 일어나 인사했다.
잠시 후에 홍주원은 셔츠에 묻었던 와인을 닦아내고 돌아왔다. 묻은 면적이 넓다보니 조금 시간이 걸렸다.
그때 조금 늦게 화장실로 들어갔던 여인도 나왔다.
"아까는 정말 죄송했어요."
정말 미안한지 그런 홍주원에게 찰싹 달라붙어 울먹이는

표정을 지었다.

"정말 괜찮습니다."

"그래도요."

"이만 가보겠습니다."

홍주원은 당혹스러운 얼굴로 몸부터 빼더니 다가온 차준혁에게 재킷을 받아들었다.

"가도록 하지."

그렇게 레스토랑을 나서던 중이었다. 재킷을 들고 가던 홍주원은 뭔가 찾기 시작했다. 그런데 찾는 것이 없는지 재킷의 모든 주머니를 뒤졌다.

"뭐를 찾으십니까?"

"내 출입증이 없어져서 말일세. 분명히 재킷 안주머니에 넣어뒀던 것 같은데."

수시로 확인하는 것 같았다. 그러다 홍주원은 혹시나 하며 바지주머니로 손을 넣었다.

"아, 여기 있었군."

출입증은 바지 왼쪽 주머니에 들어 있었다.

"하여간 꼰대는… 혹시 치매 온 거 아니야?"

그런 행동에 홍이명이 투덜거렸다. 물론 홍주원은 신경조차 쓰지 않고 본사 출입증에 이상이 없는지 확인했다. 아무런 이상이 없음을 확인하고 다시 재킷의 안주머니로 넣었다.

띵—!

엘리베이터가 도착하자 세 사람은 그대로 올라탔다.

홍주원에게 와인을 쏟았던 여인은 친구와 같이 밖으로 나왔다. 두 여인 모두 외모나 옷차림만 본다면 고급 승용차로 멋진 남자가 태워갈 것만 같았다.

밖으로 나간 여인들 앞에 선 것은 검은 승합차량이었다. 취한 줄 알았던 여인이 친구와 함께 올라타자 차량은 곧바로 출발했다.

"성공했나?"

차량 안쪽에 앉아 있던 사내가 물었다.

"여기요!"

여인은 손바닥만 한 핸드백에서 비슷한 크기의 기계와 IC카드를 꺼내 내밀었다.

"수고했어. 조수정 요원."

"첫 임무라 살 떨려 죽는 줄 알았어요. 배 팀장님."

말을 건 사내는 바로 배진수였다. 차량을 운전 중인 사람은 김욱현이었다. 본래 차준혁의 일로 지원을 나갔던 이들은 긴급히 새로운 임무를 부여받아 이곳에 나온 것이다.

그사이 조수정 옆으로 앉은 유미라가 크게 안도의 한숨을 내쉬었다.

"아까는 완전 숨 죽였다니까."

유미라도 조수정, 배진수, 김욱현과 마찬가지로 IIS요원이었다. 물론 두 여인은 아직 두 사람보다 경험이 부족하지만 차준혁을 백업해주기 위해 투입되었다.

"무사히 복제됐군. 이런 기기까지 만들다니 차준혁 대표님의 실력은 대단하다니까."

배진수는 그녀들의 대화를 들으며 방금 전 건네받은 카드와 기기를 확인했다.

삐빅!

그때 한쪽에 놓인 무전기가 울렸다.

—여기는 MAD One. 마스터가 탑승한 차에 미행이 붙었다.

무전기에서 흘러나온 것은 유강수의 목소리였다. 마스터란 차준혁을 뜻하는 코드명이었다.

"MAD Zero. 원거리 추격만 허용한다. 그리고 마스터가 따로 움직일시 근접해서 경호하도록."

—Roger.

작전을 이룬 팀은 2개조였다.

천익 홍주원 이사의 출입증 복사를 맡은 조와 차준혁의 경호조로 갖춰져 있었다. 하지만 원래부터 준비 중인 팀은 아니었다.

"그보다 아슬아슬하게 홍주원 이사보다 먼저 도착할 수 있었습니다."

운전대를 잡고 있던 김욱현도 무사히 임무를 마쳤다는

생각에 안도했다.

"구정욱 상무님이 빨리 말씀해주지 않으셨으면 큰일 날 뻔했지."

차준혁은 변장한 채로 경호를 하다가 골프장에서 구정욱을 만났다. 천익 본사 13층 이상의 보안문제는 전날 정기 보고로 전해진 상태였다.

작전은 그때부터 시작이었다. 구정욱은 곧바로 IIS로 연락을 넣었다. 그리고 작전조가 비서의 통화를 원거리 추적해 예약된 레스토랑을 찾아낼 수 있었다.

"그런데 차 대표님에게 인원을 더 투입해야 하지 않을까요?"

현재 차준혁에게는 유강수 외에도 7명의 요원들이 차량 2대로 따라붙었다. 그럼에도 운전하던 김욱현은 지난번 요원들이 당했던 것을 떠올리며 걱정했다.

"놈들이 총만 가지지 않았으면 몇 명이 덤벼도 문제는 없을 거야. 욱현이 넌 알잖아."

"이번에 투입된 요원들이 그렇게 대단해요?"

여자 요원들이 깜짝 놀라면서 물었다. 정대원과 백업요원들도 만만치 않은 실력을 가졌지만 쥐도 새도 모르게 실종되고 말았다. 그 사실을 여자 요원들도 알고 있기에 그런 배진수의 대답을 조용히 기다렸다.

"너희들은 나중에 들어와서 모르겠지만, 무술로 IIS요원 30명이 덤벼도 못 이길걸."

"정말요?"

과장이 조금 섞였지만 배진수가 본 차준혁의 무술 실력은 엄청났다. 실제로도 IIS에서 요원들과의 대련을 보여주었다. 김욱현도 그때 당하던 요원 중 하나였다.

"맞아. 나도 속수무책으로 얻어터질 뻔했으니까."

조수정과 유미라는 조직내 훈련을 통해 김욱현의 무술 실력이 대단하다는 것을 알고 있었다. 그가 손도 못 써봤다는 말이니 당연히 놀랄 수밖에 없었다.

그 시각 홍주원 이사의 차량을 운전하던 차준혁은 백미러와 사이드미러로 미행을 확인했다.

'좌측 검은색 세단, 뒤로 회색 승합차. 아침부터 계속 따라붙는군.'

IIS요원일 때의 경험이 풍부하다보니 어렵지 않게 찾아낼 수 있었다. 하지만 딱히 다른 움직임은 없었다.

골프장이나 미팅장소, 레스토랑 건물로 들어갈 때도 도착 직전에 빠져나갔다. 움직일 때만 미행하는 상황이었다. 그사이 차량은 천익 본사에 도착할 수 있었다.

"오늘 수고가 많았네. 넌 집에 좀 들어와라. 맨날 밖에서 자고 다니지 말고."

홍주원 이사는 홍이명에게 짧은 잔소리만 남기고 로비에서 자신의 사무실로 올라갔다.

"칫~! 하여간 쓸데없는 소리는……."

차준혁은 그가 올라간 것을 보고 본사 입구로 살짝 얼굴을 내밀어 미행하던 차량을 확인했다. 이번에도 본사로 들어가기 직전에 옆으로 빠져나가 사라진 상태라 더 이상 보이지 않았다.

"정구야! 아침부터 미행하던 차량 때문에 신경 쓰인 거지?"

투덜거리던 홍이명이 어느새 뒤로 다가와 말했다.

"알고 계셨습니까?"

웬만한 사람이 아니고서야 알기 힘들 정도로 미묘하게 미행을 당했다. 그걸 홍이명도 알고 있자 눈썰미가 상당해 보였다.

"내가 저거 때문에 특수경호 기밀부서가 있다고 한 거야. 가끔씩 꼰대의 경호임무를 맡으면 꼭 따라붙고 있더라고."

"오늘처럼 그냥 미행만 한다고요?"

홍이명의 말이 진짜라면 임원들에게 중요한 무언가 있다는 말과 같았다. 물론 추측만 할 수 있었다. 확실한 것은 우연찮은 기회로 복사한 출입증으로 13층부터 무엇이 있는지 확인하는 길뿐이었다.

"꼰대한테도 물어봤는데 모른다고만 하더라."

"그럼 홍 선배 말 대로 진짜일지도 모르겠네요."

"모르지 나도 짐작만 하는 거니까. 그보다 우리는 이제 퇴근인데 술이나 한잔할까?"

차준혁에게 어깨동무를 한 홍이명은 술잔 꺾는 시늉을 하며 물었다.

"임무보고서를 써야 하지 않습니까."

경호임무가 끝나면 일괄적으로 보고서를 팀장에게 제출해야만 했다. 번거로운 업무였지만 위장임무이니 하나하나 제대로 할 필요가 있었다.

"됐어! 그냥 제껴!"

"하지만……."

홍이명은 안으로 들어가려던 차준혁의 목을 끌어당기더니 회사 밖으로 데리고 나갔다.

다음 날이 되자 문병식 팀장의 호통부터 터졌다.

"홍이명이 재끼자고 했다고 너까지 보고서를 재껴! 신입이 빠져가지고 말이야!"

당연히 보고서 때문이다. 그렇게 문병식은 아침부터 사무실이 쩌렁쩌렁 울리도록 버럭버럭 소리를 질러댔다.

"야! 홍이명! 똑바로 안 들어?"

"그럼 자르시든가요."

하지만 홍이명은 움츠러들지도 않은 채 건성건성 들었다.

"아오! 홍 이사님 낙하산만 아니었어도. 아무튼 두 사람

다 지금 바로 보고서랑 경위서 제출해!"

차준혁은 자신의 자리로 돌아가 해당 서류를 찾아서 자필로 작성했다.

'IIS가 출입증을 복사했을 테니 기본 준비는 마쳤고, 이제 건물 보안을 파악하는 것이 문제인가?'

팀장에게 혼난 것은 문제가 아니었다. 조용히 생각하던 차준혁은 13층부터 무엇이 있는지 알아내기 위해 내부보안시스템을 어떻게 뚫을 수 있을지 고민했다.

'1층 보안만 24명이 8명씩 3교대 로테이션을 도는 것 같던데.'

상당한 철벽보안이었다. 물론 보안부서로도 입사 지원을 알아보기도 했지만 모집 자체를 하지 않았다.

'몰래 침입이라도 시도해 봐야 하는 건가?'

지금쯤이면 IIS에서 천익의 본사 건물 설계도까지 입수했을 것이다. 따로 움직이며 틈을 파악해보고 있겠지만 현 상황으로는 어려움이 많아 보였다.

'하지만 사라진 요원들의 행방도 알아보려면 다른 방법도 찾아봐야 하는데.'

실종된 6명의 요원들의 시신은 아직 발견되지 않았다. 그들을 납치한 사람이 천익이라면 조직의 비밀을 밝혀내려 할 것이다.

하지만 아직 조직에 대해 드러난 정황은 없었다.

납치된 요원들은 본래 겨레회 소속으로 교육과정에서부

터 고문에 대해 철저한 훈련을 받았다. 당연히 쉽게 말하지는 않을 것이다.

저벅. 탁! 저벅. 탁!

곰곰이 생각하던 차준혁의 오감이 세하게 높아졌다. 그러다 특이하게 지팡이와 발자국 소리가 교차하는 소리가 들리자 창가 쪽으로 시선이 옮겨졌다.

"저 사람은……!"

너무 놀란 차준혁은 생각이 아니라 말이 튀어나왔다.

"왜 그래?"

옆 자리에서 경위서를 작성 중이던 홍이명이 궁금해서 물었다.

"아, 아닙니다."

차준혁은 일부러 말을 더듬었다. 그러면서도 눈길은 중년의 사내가 지나간 창밖으로 향해 있었다.

'저건 분명히… 리명선이잖아!'

절대로 잊을 수 없는 이름이라 어느 때보다 확실하게 떠올랐다.

그는 국가와 IIS에게 버림받기 전에 마지막으로 수행했던 우라늄 밀수저지 작전에서 적군에 가담해 있던 북한장교였다.

'어떻게 저자가 여기에…….'

리명선은 창밖을 지나 사라졌다. 이에 차준혁은 곧장 자리에서 일어나 문밖으로 뛰쳐나가 보았다. 복도 귀퉁이로 사라지는 그의 뒷모습을 볼 수 있었다. 당연히 그 뒤를 따라갔다.

하지만 엘리베이터에 타고 위층으로 올라갔다. 닫히는 문 사이로 그의 얼굴을 또다시 확인했다.

'13층… 위로 올라가는군.'

경호 1팀이 있는 사무실은 12층이었다. 13층 위로 올라갈 수 있는 방법은 직통으로 올라가는 1층 특수엘리베이터나 중간층에서 카드로 인증 받는 방법뿐이다.

리명선이 위로 올라갔다면 천익에서 부장급 이상의 권한을 가지고 있다는 의미였다.

"정구야! 무슨 일 있냐?"

홍이명은 갑자기 뛰쳐나간 차준혁의 뒤를 따라 나와 물었다.

"아, 아닙니다. 그냥 좀 아는 사람을 본 것 같아서 말입니다."

차준혁은 자신이 아무런 이유도 없이 나간 것이라면 더 이상할 것 같아 대충 핑계를 대었다.

"여기서? 누군데?"

"아르바이트를 하다가 알게 된 친구요. 근데 아닌 것 같습니다."

"그래?"

두 사람은 그렇게 다시 사무실로 돌아갔다.

“차준혁 대표님에게서 온 정기보고 및 요청에 관한 사항입니다.”

IIS 정보분석팀장 한재영은 전일 새벽에 차준혁을 통해 올라온 요청을 받아 조사해놓았다. 그래서 회의실에 모인 국장과 IIS수뇌부, 구정욱까지 모인 것을 보며 브리핑을 시작했다.

“일단 13층부터 14층에 관한 사항입니다. 입수한 설계도면으로는 13층과 15층은 일반 사무실, 14층은 서버관리실의 구조로 추측됩니다.”

화면에도 설계도면이 띄워져 있었다. 그걸 보게 된 이들도 설명과 함께 이해하며 고개를 끄덕였다.

“구조와 주변건물 상황으로는 외부 침투는 힘들 것 같습니다. 그리고 내부보안도 예상된 배치인원과 로테이션을 보아 외부와 마찬가지입니다.”

주상원은 막막한 설명이 이어지자 어두운 표정을 지으며 되물었다.

“허면 아예 방법이 없다는 것인가?”

“일단 차 대표님께서 내부의 상황을 얼마나 더 파악해주실지 기다리는 수밖에 없을 것 같습니다.”

천익의 안과 밖은 그만큼 철저했다. 생각 같아선 강경책이라도 사용하고 싶지만 요원들까지 실종된 상황에서 그런 무리수는 위험이 따랐다.

"결국 방법은 차 대표님에게 달렸군."

"아마도 그럴 듯싶습니다. 그리고 다음 상황은 긴급으로 신원조사를 해달라는 요청입니다."

한재영은 화면을 바꾸면서 다른 서류를 꺼내들었다.

"이름은 리명선. 나이 41살. 국적은 북한. 소속은 북한 특수 6군단 1884부대 중좌입니다."

중좌는 대한민국 군인 계급으로 소령 정도 되었다. 설명을 듣던 이들이게는 그의 국적과 소속이 놀라운 것일 수밖에 없었다.

"북한군이 어째서 서울 한복판에 있다는 말인가?"

"공항입국자 명단에 없으니 밀입국하여 들어온 것으로 추정됩니다. 그리고 13층 위로 올라간 상황으로 봐서는 천익과 밀접한 관계가 있는 것 같습니다."

간단하게 정리하자면 천익이라는 기업이 북한군 장교와 밀접한 관계가 있다는 것이다. 당장 증거는 없었지만 정황만 봐도 알 수 있었다.

"대체 천익이란 곳은 뭐란 말인가! 야계가 북한하고도 관계를 맺고 있는 것이라고 생각해야 하나."

일단은 자금의 흐름으로 보아 천익이 야계의 근거지이거나 밀접한 관계가 있다고 추측되었다. 그런데 북한군 장교까지 튀어나왔으니 당혹스러웠다.

"리명선이 누구와 접촉한지는 모르는 겁니까?"

조용히 듣고 있던 구정욱이 처음으로 입을 열었다.

"저희가 감시 중인 천익의 임원들 중에는 없었습니다. 거기다 갑자기 조사된 인물이라 일단은 천익의 본사 주변으로 요원들을 대기시켜 놓았습니다. 리명선이 다시 나타나게 되면 미행할 것입니다."

차준혁과 바로 연락을 할 수 없다보니 작전을 실행하는데 딜레이가 상당히 걸렸다. 그렇다고 무리하게 움직일 수는 없으니 오히려 조심할 필요가 있었다.

"일단 조사한 사항을 차준혁 대표께 전해주게."

한재영은 그런 주상원의 지시에 고개를 숙였다.

"알겠습니다. 국장님."

차준혁이 천익에 다니기 시작한지 2주가 지나갔다.

유동경호조로 있다가 가끔씩 들어오는 임무만 홍이명과 같이 수행하며 지냈다.

경호 1팀의 2명뿐인 유동경호조라 어쩔 수 없이 콤비를 이루게 되었다.

"오늘도 한잔 괜찮지? 집에 가면 심심해서 말이야."

퇴근시간이 슬슬 되어가자 홍이명은 언제나처럼 술잔 꺾는 시늉을 보여줬다. 갑자기 배정받은 경호임무가 방금 전에 끝나 자정이 가까워진 시각이었다.

"죄송합니다. 오늘은 중요한 일이 있어서요."

그렇게 말한 차준혁은 작성을 마친 서류를 팀장의 책상 위로 올려놓았다.

"그래? 쳇! 어쩔 수 없지."

"홍 선배는 술 좀 적당히 드세요."

두 사람은 자신들의 책상을 정리한 후에 사무실을 나섰다. 그리고 각자의 차로 올라타 천익 본사를 벗어나 갈라졌다.

하지만 차준혁은 도로를 타고 달리다 골목 쪽으로 빠져서 들어갔다. 승합차 한 대가 서 있었다. 차준혁의 그 차가 옆으로 세워지자 누군가 곧장 내려서 얼굴을 내밀었다.

"미행은 없으셨습니까?"

IIS의 배진수가 걱정스런 얼굴을 하고 있었다.

"없었습니다. 장비들은 모두 챙겨오셨죠?"

"여기 있습니다."

트렁크 문이 열리자 밑으로는 차준혁의 전용장비인 울린지로 만든 옷과 고무탄두를 사용하는 라버건이 놓여 있었다.

"탈출차량은 말해놓은 지점에서 대기 중인가요?"

"현재까지 문제는 없습니다. 그런데 정말로 혼자 괜찮으시겠습니까?"

지금 차준혁은 천익의 본사로 혼자 침투하려는 계획이었다. 그래서 배진수는 그런 결정을 내린 차준혁이 걱정될 수밖에 없었다.
“지금으로써는 방법이 없잖습니까.”
차준혁은 울린지 방탄복으로 갈아입고 장비를 챙겼다. 물론 고무탄두로 만들어진 탄환이 장착된 탄창도 넉넉하게 주머니로 넣었다.
“하지만 탈출이 어려울 겁니다.”
“그런 걱정은 마시고… 상무님께 받아온 물건은 어디 있습니까?”
“여기 있습니다.”
배진수는 품속에서 손바닥만 한 기계와 카드를 꺼내서 내밀었다. 기계는 이번에 이지후가 개발한 특별한 장비였고 카드는 지난번에 홍주원 이사의 출입증을 복사한 것이다.
“고맙습니다. 이제 가보셔도 됩니다.”
“다시 생각해 보심이…….”
천익의 내부보안은 배진수도 다른 요원들과 같이 브리핑을 받아 잘 알았다. 그걸 뚫고 들어가기 힘들다고 생각하기에 차준혁의 결정을 만류시켰다.
“고정경호조 교대 때가 제일 크게 빌 시간입니다. 지금은 임원들도 다 퇴근했으니 보안요원들만 지키고 있을 겁니다.”
그동안 차준혁은 모든 경호팀들의 교대 시간을 파악해보았다. 다행히 시간의 차이가 거의 없어 자정부터 아침까지 사내 보안요원들 뿐이었다.

홍이명의 발 넓은 사내정보력 덕분에 경호조 유동이 내일부터 바뀐다는 정보까지 얻었다. 그래서 며칠 전부터 오늘을 위해 준비를 해왔다.

"그래도……."

"제 알리바이나 잘 맞춰주세요."

찍—! 찍—!

차준혁은 얼굴에 붙였던 광학위장 패치를 떼고서 다른 것으로 붙였다. 물론 마스크와 후드를 쓸 것이지만 혹시 모를 상황에 대비하기 위해서였다.

"이 정도면 못 알아보겠죠?"

"정말 신기한 장비입니다. 그보다 다시……."

"바로 출발하겠습니다. 잘 마무리해주세요."

계속 만류하려는 그의 행동에 차준혁은 마스크와 후드를 쓰고 골목길로 달리기 시작했다.

사아아아악!

살기도 적절하게 퍼뜨려 오감을 민감하게 끌어올렸다. 예민해진 오감과 태중의 호흡으로 기척을 최대한 죽이며 천익의 본사 뒤쪽으로 돌아갔다. 건물은 사방이 벽과 주차장으로 둘러싸여 있었다.

'비어 있는 주차장은 왜 순찰을 도는 거야?'

담벼락 뒤로 슬쩍 내다보니 보안요원 하나가 걸어 다니는 중이었다.

'…….'

일단 차준혁은 라버건에 소음기를 장착하고 벽을 뛰어넘었다.

피픽—!

바람이 쏘아지는 소리와 함께 고무탄이 발사되더니 보안요원의 상체로 박혀 들어갔다.

"크읍……!"

보통 사람이라면 충격에 바로 기절했겠지만 보안요원들은 훈련을 받은 이들이었다. 그걸 감안한 주혁은 두 발의 탄환을 정확하게 상체 급소를 맞춰 기절시켰다.

일단 사내는 수풀 뒤로 끌고 들어가 챙겨둔 케이블타이로 입과 팔, 다리를 완벽하게 제압해뒀다. 차준혁의 암습은 그 뒤로 시작되었다.

피픽! 픽—!

먼저 주차장에 배치된 다른 보안요원들부터 아까처럼 제압하고 정문 안쪽으로 걸어 들어갔다. 방금 전에 3명을 쓰러뜨렸다. 그로 인해 로비에 있던 보안요원 5명이었다.

저벅. 저벅. 저벅.

그들은 고개를 푹 숙인 채 들어온 차준혁을 보고 천천히 다가왔다.

"누구십니까?"

"……."

차준혁은 제일 먼저 앞까지 다가와 어깨를 잡으려던 보

안요원의 팔부터 낚아채 그대로 던져버렸다. 순간 소름끼치는 소리가 울리며 로비바닥이 쩌렁쩌렁 울려댔다.

너무 순식간에 벌어진 일이라 주변과 로비 데스크에 서 있던 보안요원들이 멍한 표정을 지어 보였다.

"비상벨 울려!"

한 보안요원이 외치며 달려들었다.

피픽! 픽!

차준혁이 그걸 가만히 둘 리가 없었다. 바로 옆으로 피하며 소음기가 장착된 라버건을 발사해 데스크 쪽의 요원들부터 모조리 제압했다.

"이 새끼 뭐야!"

그들의 물음에는 당연히 대답할 수 없었다. 다시 움직이기 시작한 차준혁은 주변에 있던 요원들을 향해 격타를 내질렀다.

퍼퍽! 퍽! 퍼퍼퍽—!

묵직한 타격소리가 그들의 급소로 꽂혀 들어갔다.

그 다음에 할 일은 CCTV를 마비시키는 일이었다.

차준혁은 데스크로 다가가 CCTV화면 하나를 뜯어 배진수에게 받아온 장치를 연결시켰다.

삐빅! 위이이잉!

장치가 작동하더니 데스크에 설치된 CCTV화면들을 모조리 엉망으로 만들었다.

"여긴 됐고."

로비에 쓰러진 보안요원들을 모두 치워둘 수는 없었다. 이제부터 중요한 것은 그들이 발견될 시간과의 싸움이었다.

준비를 마친 후 특수 엘리베이터로 달려가 홍주원 이사의 출입증을 복사한 카드를 가져다대었다. 카드는 제대로 복사되었는지 문이 열렸다.

13층부터 15층까지 모두 궁금했지만 지금 당장 가능한 범위는 서버관리실로 추정되는 14층이 우선이다. 엘리베이터는 빠르게 올라갔다.

띵―!

그사이 차준혁은 탄창을 갈고 엘리베이터 옆으로 몸을 숨겼다.

"뭐지?"

"밑에서 무전을 받지 않는데?"

안에도 보안요원들이 있었는지 목소리가 들려왔다.

동시에 차준혁은 튀어나가 그들을 덮쳤다. 라버건을 사용할까도 생각했지만 주변에 기기들이 있을지 몰라 주의하기 위해서였다.

격타와 용절, 전추까지 연속으로 이뤄지며 2명의 사내를 바닥으로 쓰러뜨렸다. 층 전체에 묵직한 기기들이 놓여 있었다.

"침입자다!"

중앙과 각 모서리 쪽으로 보안요원들이 배치되어 차준혁

은 발견되고 말았다.

"젠장… 이런 식으로 경비를 서고 있었나?"

보안요원들과 아직 거리가 떨어진 위치라 차준혁은 욕을 내뱉으며 달려들었다.

제대로 된 난투극이 시작되었다. 그러면서 뒤쪽으로 경비장치를 작동시키려는 요원들을 향해 라버건을 발사했다.

'이 상황에서는 어쩔 수 없나.'

보안요원들의 수는 각 모서리마다 5명씩 총 20명이나 되었다. 그들의 움직임을 봐서는 분명히 특수훈련을 받은 것 같았다. 좁은 복도에서 그런 이들과 뒤엉켜 움직이며 싸우기에는 한계가 있었다.

사아아아아악—!

결국 차준혁은 살기를 최대치까지 끌어올렸다.

초감각은 더욱 날카로워져 그들의 움직임이 느려지기 시작했다. 엄청난 살기 덕분에 보안요원들의 움직임까지 움츠러들었다.

"이, 이 자식 대체 뭐야! 빨리 제압하지 못해!"

책임자로 보이는 덩치 큰 보안요원이 화를 냈다.

"……."

물론 차준혁의 대답은 들려오지 않았다.

계속해서 요원들을 제압해나가며 앞으로 나아갔다. 그렇게 요원들이 하나둘씩 쓰러졌다. 끝내 방금 전 소리쳤던 요원만 남게 되었다.

피피픽—!

"커억! 큭……!"

차준혁은 그의 목소리가 거슬렸기에 주먹이 아닌 라버건으로 급소만 맞춰서 쓰러뜨렸다.

"더럽게 시끄럽네."

다들 기절한 것을 확인하고 입을 열었다.

상황을 정리한 차준혁은 그곳의 CCTV까지 마비시키고 기기들 가운데로 섰다.

"후우…! 시작해볼까?"

기기 중에 한 곳의 키보드를 열었다.

차준혁의 손가락이 정신없게 움직이며 차단되어 있는 외부라인과 연결부터 시켰다.

〈다음 권에 계속〉